O MANDARIM

O MANDARIM

EÇA DE QUEIRÓS

MARTIN CLARET

Apresentação

O fantasma do mandarim

Daniela Mercedes Kahn[*]

No prefácio da edição da *Revue Universelle* para *O mandarim* (1880), Eça de Queirós se reporta ao gênero fantástico, ao qual pertence essa novela, como uma alternativa criativa para a "acerba e severa busca da verdade" demandada pela prosa realista. Conforme declara o escritor: "nesse meio realista contemporâneo e banalizado, o artista português, habituado a belas cavalgadas pelo ideal, sufocaria; e se ele não pudesse vez ou outra dar uma escapadela para o azul, rapidamente morreria de nostalgia dos seus sonhos."

Na verdade, Eça de Queirós é conhecido, principalmente, pelos seus grandes romances realistas. Como indica Antonio Saraiva,[1] o conjunto deles compõe um painel investigativo no qual cada uma das obras se

---

[*] Doutora em Teoria Literária e Literatura Comparada pela FFLCH-USP. Autora de *A via crucis do outro*: identidade e alteridade em Clarice Lispector. Atualmente prepara um projeto de pós-doutorado sobre a representação das mudanças sociais no teatro alemão da época de Goethe.

[1] As informações gerais sobre a obra de Eça de Queirós foram retiradas de: SARAIVA, Antonio e LOPES, Óscar. *História da literatura portuguesa*. Rio de Janeiro, CBP, 1969.

dedica a desvendar uma das múltiplas facetas da sociedade portuguesa do seu tempo. Dessa forma, *O crime do padre Amaro* (1875) aborda a influência do clero na burguesia provinciana; *O primo Basílio* (1878) ilustra o adultério feminino em cenário da classe média lisboeta; o foco de *Os Maias* (1888) é a decadência das camadas mais privilegiadas da sociedade portuguesa; *A capital* (1925) trata da corrupção nos meios literários de Lisboa.

Sua ficção tardia, que inclui *A ilustre casa de Ramires* (1900), *A correspondência de Fradique Mendes* (1900) e a publicação póstuma, *A cidade e as serras* (1901), apresenta uma mudança de foco. Ela confronta a experiência da vida no exterior com a realidade portuguesa tomando como referência a vivência pessoal do protagonista de cada um desses romances.

O mandarim integra, juntamente com *A relíquia* (1884) e alguns contos, um filão menos notório da obra do escritor. Trata-se de narrativas de cunho fantasista, caracterizadas por seu autor como "contos fantásticos, daqueles onde ainda há fantasmas, e ainda se encontra, nos cantos das páginas, o diabo, esse delicioso terror da nossa infância católica".

É verdade que, na novela de 1884, o elemento fantástico se manifesta de forma mais discreta do que na de 1880, dispensando a presença explícita do diabo e de fantasmas. Ele se resume às experiências oníricas que transportam o herói à Palestina dos tempos da Paixão, convertendo-o numa testemunha das origens do cristianismo. E à curiosa aparição, no final do relato, que toma a forma de Cristo, mas se revela como a consciência do próprio protagonista.

Apesar dessa diferença, as duas novelas apresentam vários elementos em comum, a começar pela semelhança dos nomes dos protagonistas (Teodoro em *O mandarim*, Teodorico Raposo em *A relíquia*). Convém lembrar, nesse contexto, que o significado do nome Teodoro, "Presente do Senhor", sublinha a intenção irônica dos dois relatos. Para além disso, chama igualmente a atenção a semelhança temática dos dois enredos, que giram ambos em torno de questões de heranças. Enquanto em *A relíquia*, Teodorico Raposo emprega uma série de manhas e artimanhas para se tornar herdeiro da sua beata "titi", Teodoro, de *O mandarim*, é brindado com uma herança maldita. Nas duas histórias os protagonistas empreendem ainda uma peregrinação crucial a países do Oriente: Raposo vai à Terra Santa em busca de uma relíquia para a sua tia; Teodoro viaja para a China a fim de reparar o crime que o transformou em herdeiro. Estabelece-se, dessa forma, uma continuidade temporal entre dois enredos distintos: *O mandarim*, embora escrito quatro anos antes, figura como uma espécie de sequência de *A relíquia*. Em outras palavras, Teodorico só escapa do destino de Teodoro porque o seu plano para enganar a sua tia não dá certo. Mais decisivo do que as semelhanças de trama é o ponto de vista mordaz do narrador em primeira pessoa, que, em ambos os casos, questiona o próprio ensinamento moral contido na história.

Na verdade, o pacato amanuense de *O mandarim*, morador da modesta pensão da rua da Conceição, é apenas mais um dos inúmeros personagens da literatura cristã que, cedendo ao apelo da riqueza material conquistada sem esforço, vende a sua alma ao diabo.

Com efeito, o episódio da tentação do modesto funcionário português remete a referências conhecidas.

Antes de tudo, a novela faz referência explícita à tentação do próprio Cristo no Novo Testamento.

Cabe neste ponto uma observação sobre a questão das contradições religiosas, tema recorrente na obra de Eça de Queirós e que também se observa em *O mandarim*. Trata-se do confronto entre um catolicismo arraigado, presente, sobretudo, nas práticas e nos rituais religiosos, e a moderna educação esclarecida que propicia o ateísmo. Assim, Teodoro (que não por acaso, traz a palavra Deus no nome) nega taxativamente a existência de Deus e do Diabo: "Eu nunca acreditei no Diabo — como não acredito em Deus. [...] Céu e Inferno são concepções sociais para uso da plebe — e eu pertenço à classe média." Porém, seu ceticismo não o impede de sucumbir prontamente à proposta do capeta. Da mesma forma, ele recorre à Nossa Senhora das Dores nos momentos de apuro, apesar da sua descrença.

A cena do encontro com o Diabo remete ao *Fausto*, de Goethe — haja vista a magia que emana do velho alfarrábio convertendo a letra morta em destino vivo e o aspecto prosaico do tentador que se materializa na penumbra do quarto do protagonista: "tão contemporâneo, tão regular, tão classe média, como se viesse da minha repartição", registra o amanuense Teodoro.

Porém, enquanto o cansado intelectual germânico quer descobrir a fórmula do contentamento humano, o amanuense português deseja apenas usufruir dos prazeres mundanos que o dinheiro é capaz de proporcionar. Os seus sonhos de consumo têm por base um contexto acanhado em que se vive de salários modestos e se frequenta ambientes obscuros: "pungia-me o desejo de poder jantar no Hotel Central com *champanhe*, apertar a mão mimosa de viscondessas e, pelo menos duas vezes por semana, adormecer, num êxtase mudo, sobre o seio fresco de Vênus."

A tentação a que se acha exposto condiz com o espírito acomodado do protagonista. Enunciada num texto de dez linhas do livro misterioso, ela sugere um gesto fácil, que resultará numa morte sem sangue de um rico mandatário da distante China. Nada de muito diferente, enfim, do que os prejuízos causados a tantas vítimas anônimas pelas assinaturas diariamente apostas a documentos oficiais em todos os países. Dificilmente as consequências dessa morte, ocorrida do outro lado do mundo, atingiriam o ignoto Teodoro em sua modesta pensão lisboeta.

A distância entre Teodoro e o mandarim Ti Chin-Fu, que habita os confins da Mongólia, é imensa em todos os sentidos. Todavia, ao executar a ação fatídica e fruir de seus benefícios, o protagonista se verá irremediavelmente ligado ao remoto mandatário chinês. Daí por diante será assombrado pela grotesca aparição do seu irmão oriental, personificação flagrante do seu sentimento de culpa. Menos na China. Talvez porque lá tudo faz recordar o mandarim.

O fato é que o contraste entre a aparência corriqueira de Teodoro e a representação exótica, algo sinistro, do mandarim, se estende aos espaços habitados pelas duas personagens. Nesse sentido, a descrição realista da metrópole portuguesa se opõe à representação caricatural do país chinês.

O mandarim é uma alegoria sobre as seduções fatais do enriquecimento fácil: "Só sabe bem o pão que, [sic] dia a dia, ganham as nossas mãos: nunca mates o mandarim!"

Para além disso, a novela remete à venalidade do ser humano: "Ó leitor, criatura improvisada por Deus, obra má de má argila, meu semelhante e meu irmão!"

No que pesem demônios, fantasmas e exotismos chineses — a apóstrofe amarga do narrador nos traz de volta da escapadela queirosiana para o azul, atirando-nos no duro solo da realidade.

O MANDARIM

Sobre *O mandarim*

Carta que deveria ser um prefácio

Ao senhor redator da
Revue Universelle

Senhor, querendo apresentar aos leitores da *Revue Universelle* uma ideia do movimento literário contemporâneo de Portugal, me honrastes com a escolha de *O mandarim*, um conto fantástico e fantasioso no qual, como nos velhos tempos, se quis que aparecesse o diabo, ainda que vestindo casaca, além de fantasmas animados de boas intenções. Escolhestes, senhor, uma obra bem modesta, que se afasta bastante da corrente moderna de nossa literatura, a qual por isso mesmo esta obra pertence ao sonho e não à realidade, obra inventada e não fruto de observação, que caracteriza fielmente, me parece, a tendência mais natural e a espontaneidade do espírito português.

Mesmo que hoje toda nossa juventude literária, e até alguns dos velhos sobreviventes do romantismo, se dediquem pacientemente a estudar a natureza, esforçando-se constantemente para colocar nos livros a maior quantidade da realidade viva, nós continuamos aqui, neste canto ensolorado do mundo, fundamentalmente idealista e líricos. Amamos o fantástico; uma bonita frase sempre nos agradará mais que uma noção exata; a fabulosa Mélusine, devoradora de corações masculinos, sempre encantará mais nossa incorrigível imaginação que a humaníssima Mme. Marnesse; e sempre consideraremos a fantasia e a eloquência como os dois únicos e verdadeiros sinais do homem superior. Se por azar viesse a ser lido Stendhal cá em Portugal, nunca poderia ser apreciado: aquilo que nele é exatidão, nós consideraríamos como esterilidade. Ideias corretas, expressas de forma sóbria, não nos interessam: o que nos encanta são emoções fortes, expressas em grande pompa plástica de linguagem.

Espíritos com tal formação devem necessariamente sentir antipatia por tudo o que seja realidade, análise, experimentação, certeza objetiva. O que os atrai é a fantasia, em todas as suas formas, desde a canção até a caricatura, e por isso, nas artes, nós produzimos principalmente líricos e satíricos. Ou deixamos o olhar voltado para as estrelas, permitindo que subam os vagos murmúrios de nosso coração, ou bem, se deixamos cair um olhar sobre o mundo circunstante, é para dele rirmos com amargura. Somos homens da emoção, não do raciocínio.

Nós sabemos cantar, às vezes escarnercer, mas nunca explicar. Eis porque não há críticos em Portugal. Assim, o romance e o drama até estes últimos tempos não foram mais que obras de poesia e de eloquência, às vezes com pretensões filosóficas, outras vezes sentimentais elegias. A ação é ali concebida fora de qualquer verdade humana e social. Os personagens são anjos que escondem suas asas sob suas casacas, ou então monstros simbólicos, moldados sobre os velhos padrões de Satã, e jamais homens. Um estilo rico cheio de metáforas cobre tudo isso com flores e penachos. Os autores dramáticos e os romancistas, ao criarem seus episódios, têm somente que se abandonar a essa espécie de embriaguez exática que faz cantar os rouxinóis em nossas belas noites de plenilúnio: e eis que todos pasmam. E aprecia-se então uma peça de teatro pelo esplendor da retórica.

Isso não poderia continuar, principalmente depois que a evolução naturalista triunfou na França e que o rumo das ideias, em matéria de artes, parece que deva ficar nas mãos da ciência experimental. Imitamos, ou parecemos imitar a França em tudo, desde o espírito de nossas leis até o formato de nossos sapatos, a um ponto que, aos olhos de um estrangeiro, principalmente em Lisboa, a nossa civilização parece ter sido trazida de véspera de Bordeaux, encaixotada pelos correios. Entretanto, mesmo diante do naturalismo, alguns espíritos jovens entre nós já compreenderam que a literatura de um país não pode se manter para sempre alheia ao mundo real, preocupada em burilar as preciosidades do estilo, correria o risco de se tornar, no seio de uma sociedade viva, uma peça de antiquário. Ela se impôs pois, bravamente, o dever de não mais olhar para o céu, mas para o chão. Apenas, será preciso dizer? — atendeu a essa nobre necessidade, não por uma natural inclinação da inteligência, mas por um sentimento de dever literário — diria quase de dever cívico. Para honra das modernas letras portuguesas, tratemos de colocar em suas obras muita observação, muita humanidade; chegará porém o dia em que, estudando cuidadosamente nosso vizinho, o pequeno abastado ou o empregadinho, teremos saudades do tempo em que era permitido, sem estar fora de moda, cantar os belos cavaleiros de reluzente armadura. Foram-se os tempos da vadiagem idealista pelos bosques da fantasia! A arte já não é um fácil derramar da alma sobrecarregada de sonhos, mas uma acerba e severa busca da verdade. Agora seria preciso, com grossos volumes de quinhentas páginas, amalgamar-se a uma humanidade que já não tem asas, que parece ter apenas chagas, forçados a mexer com uma só mão, acostumados ao buço da tristeza, a toda sorte de coisas baixas e aflitivas, a pequenez de caráter, a banalidade das conversas, a miséria dos sentimentos...

A própria língua, essa língua poética e metafórica tão gostosa de falar, não poderia mais servir para tornar tais coisas simples e verdadeiras: precisaria servir-se de uma linguagem exata, árida como a do código civil...

Pois é, meu senhor, nesse meio realista, contemporâneo e banalizado, o artista português, habituado a belas cavalgadas pelo ideal, sufocaria; e se ele não pudesse vez ou outra dar uma escapadela para o azul, rapidamente morreria de nostalgia de seus sonhos. Eis aí porque, mesmo depois do naturalismo, nós ainda escrevemos contos fantásticos, daqueles onde ainda há fantasmas, e ainda se encontra, nos cantos das páginas, o Diabo, esse delicioso terror de nossa infância católica. Então, ao menos ao longo de um pequeno volume, não sofremos mais a incômoda submissão à verdade, à tortura da análise e à impertinente tirania da realidade. É a plena licença estética. Podemos colocar no coração do nosso carcereiro todo o idealismo de Ofélia, e fazer os camponeses de nossa aldeia falarem com a majestade de Bossuet. Suavizamos seus adjetivos. Fazemos suas frases caminhar pela página branca como através de uma praça ensolarada com uma procissão que avança cadenciada entre canteiros de rosas... Depois de escrita a última página, corrigida a última prova, ganha-se a rua, retoma-se o caminho e volta-se ao severo estudo do homem e de sua eterna miséria.

Se estou contente? Não, senhor, resignado.

Lisboa, 2 de agosto de 1884.

Eça de Queirós

Prólogo

1º Amigo
(bebendo conhaque e soda, debaixo das árvores, num terraço, à beira d'água)

Camarada, por estes calores do Estio, que embotam a ponta da sagacidade, repousemos do áspero estudo da realidade humana... Partamos para os campos do sonho, vaguear por essas azuladas colinas românticas onde se ergue a torre abandonada do Sobrenatural, e musgos frescos recobrem as ruínas do Idealismo... Façamos fantasia!...

2º Amigo

Mas sobriamente, camarada, parcamente!... E como nas sábias e amáveis alegorias da Renascença, misturando-lhe sempre uma moralidade discreta...

(Comédia inédita).

I

Eu chamo-me Teodoro — e fui amanuense do Ministério do Reino.

Nesse tempo vivia eu à travessa da Conceição nº 106, na casa de hóspedes da D. Augusta, a esplêndida D. Augusta, viúva do major Marques. Tinha dois companheiros: o Cabrita, empregado na administração do bairro central, esguio e amarelo como uma tocha de enterro; e o possante, o exuberante tenente Couceiro, grande tocador de viola francesa.

A minha existência era bem equilibrada e suave. Toda a semana, de mangas de lustrina à carteira da minha repartição, ia lançando, numa formosa letra cursiva, sobre o papel Tojal do Estado, estas frases fáceis: "Il.mo e Ex.mo Sr. — Tenho a honra de comunicar a V. Ex.a... Tenho a honra de passar às mãos de V. Ex.a, Il.mo e Ex.mo Sr...".

Aos domingos repousava: instalava-me então no canapé da sala de jantar, de cachimbo nos dentes, e admirava a D. Augusta, que, em dias de missa, costumava limpar com clara de ovo a caspa do tenente Couceiro. Essa hora, sobretudo no verão, era deliciosa: pelas janelas meio cerradas penetrava o bafo da soalheira, algum repique distante dos sinos da Conceição Nova e o arrulhar das rolas na varanda; a monótona sussurração das moscas balançava-se sobre a velha cambraia, antigo véu nupcial da madame Marques, que cobria agora no aparador os pratos de cerejas bicais; pouco a pouco o tenente, envolvido num lençol como um ídolo no seu manto, ia adormecendo, sob a fricção mole das carinhosas mãos da D. Augusta; e ela, arrebitando o dedo mínimo branquinho e papudo, sulcava-lhe as repas lustrosas com o pentezinho dos bichos... Eu então, enternecido, dizia à deleitosa senhora:

— Ai D. Augusta, que anjo que é!

Ela ria; chamava-me "enguiço"! Eu sorria, sem me escandalizar. "Enguiço" era com efeito o nome que me davam na casa — por eu ser magro, entrar sempre as portas com o pé direito, tremer de ratos, ter à cabeceira da cama uma litografia de Nossa Senhora das Dores que pertencera à mamã e corcovar. Infelizmente corcovo — do muito que verguei o espinhaço, na universidade, recuando como uma pega assustada diante dos senhores lentes; na repartição, dobrando a fronte ao pó perante os meus diretores gerais. Essa atitude de resto convém ao bacharel; ela mantém a disciplina num estado bem organizado; e a mim garantia-me a tranquilidade dos domingos, o uso de alguma roupa branca e vinte mil-
-réis mensais.

Não posso negar, porém, que nesse tempo eu era ambicioso — como o reconheciam sagazmente a madame Marques e o lépido Couceiro. Não que me revolvesse o peito o apetite heroico de dirigir, do alto de um trono, vastos rebanhos humanos; não que a minha louca alma jamais aspirasse a rodar pela Baixa em trem da Companhia, seguida de um correio choutando; mas pungia-me o desejo de poder jantar no Hotel Central com champanhe, apertar a mão mimosa de viscondessas e, pelo menos duas vezes por semana, adormecer, num êxtase mudo, sobre o seio fresco de Vênus. Oh, moços que vos dirigíeis vivamente a S. Carlos, atabafados em paletós caros onde alvejava a gravata de *soirée*! Oh, tipoias, apinhadas de andaluzas, batendo galhardamente para os touros — quantas vezes me fizestes suspirar! Porque a certeza de que os meus vinte mil-réis por mês e o meu jeito encolhido de enguiço me excluíam para sempre dessas alegrias sociais, vinha-me então ferir o peito — como uma frecha que se crava num tronco e fica muito tempo vibrando!

Ainda assim, eu não me considerava sombriamente um "pária". A vida humilde tem doçuras: é grato, numa manhã de sol alegre, com o guardanapo ao pescoço, diante do bife de grelha, desdobrar o *Diário de Notícias*; pelas tardes de verão, nos bancos gratuitos do Passeio, gozam-se suavidades de idílio; é saboroso à noite no Martinho, sorvendo aos goles um café, ouvir os verbosos injuriar a pátria... Depois, nunca fui excessivamente infeliz — porque não tenho imaginação: não me consumia, rondando e almejando em torno de paraísos fictícios, nascidos da minha própria alma desejosa como nuvens da evaporação de um lago; não suspirava, olhando as lúcidas estrelas, por um amor à Romeu ou por uma glória social à Camors. Sou um positivo. Só aspirava ao racional, ao tangível, ao que já fora alcançado por outros no meu bairro, ao que é acessível ao bacharel. E ia-me resignando, como quem a uma *table d'hôte* mastiga a bucha de pão seco à espera que lhe chegue o prato rico da *charlotte russe*. As felicidades haviam de vir; e para as apressar eu fazia tudo o que devia como português e como constitucional: pedia- -as todas as noites a Nossa Senhora das Dores e comprava décimos da loteria.

No entanto procurava distrair-me. E como as circunvoluções do meu cérebro me não habilitavam a compor odes, à maneira de tantos outros ao meu lado que se desforravam assim do tédio da profissão; como o meu ordenado, paga a casa e o tabaco, me não permitia um vício — tinha tomado o hábito discreto de comprar na Feira da Ladra antigos volumes desirmanados, e à noite, no meu quarto, repastava-me dessas leituras curiosas. Eram sempre obras de títulos ponderosos: *Galera da inocência*, *Espelho milagroso*, *Tristeza dos mal deserdados*... O tipo venerando, o papel amarelado com picadas de traça, a grave encadernação freirática, a fitinha verde marcando a página — encantavam-me! Depois, aqueles dizeres ingênuos em letra gorda davam uma pacificação a todo o meu ser, sensação comparável à paz penetrante de uma velha cerca de mosteiro, na quebrada de um vale, por um fim suave de tarde, ouvindo o correr da água triste...

Uma noite, há anos, eu começara a ler, num desses in-fólios vetustos, um capítulo intitulado "Brecha das almas"; e ia caindo numa sonolência grata, quando este período singular se me destacou do tom neutro e apagado da página, com o relevo de uma medalha de ouro nova brilhando sobre um tapete escuro; copio textualmente:

"No fundo da China existe um mandarim mais rico que todos os reis de que a fábula ou a história contam. Dele nada conheces, nem o nome, nem o semblante, nem a seda de que se veste. Para que tu herdes os seus cabedais infindáveis, basta que toques essa campainha, posta a teu lado, sobre um livro. Ele soltará apenas um suspiro, nesses confins da Mongólia. Será então um cadáver: e tu verás a teus pés mais ouro do que pode sonhar a ambição de um avaro. Tu, que me lês e és um homem mortal, tocarás tu a campainha?".

Estaquei, assombrado, diante da página aberta: aquela interrogação "homem mortal, tocarás tu a campainha?" parecia-me faceta, picaresca, e todavia perturbava-me prodigiosamente. Quis ler mais; mas as linhas fugiam, ondeando como cobras assustadas, e no vazio que deixavam, de uma lividez de pergaminho, lá ficava, rebrilhando em negro, a interpelação estranha — "tocarás tu a campainha?".

Se o volume fosse de uma honesta edição Michel-Levy, de capa amarela, eu, que por fim não me achava perdido numa floresta de balada alemã, e podia da minha sacada ver branquejar à luz do gás o correame da patrulha — teria simplesmente fechado o livro, e estava dissipada a alucinação nervosa. Mas aquele sombrio in-fólio parecia exalar magia; cada letra afetava a inquietadora configuração desses sinais da velha cabala, que encerram um atributo fatídico; as vírgulas tinham o retorcido petulante de rabos de diabinhos, entrevistos numa alvura de luar; no ponto de interrogação final eu via o pavoroso gancho com que o Tentador vai fisgando as almas que adormeceram sem se refugiar na inviolável cidadela da Oração!... Uma influência sobrenatural, apoderando-se de mim, arrebatava-me devagar para fora da realidade, do raciocínio: e no meu espírito foram-se formando duas visões — de um lado um mandarim decrépito, morrendo sem dor, longe, num quiosque chinês, a um ti-li-tim de campainha; do outro toda uma montanha de ouro cintilando aos meus pés! Isso era tão nítido, que eu via os olhos oblíquos do velho personagem embaciarem-se, como cobertos de uma tênue camada de pó; e sentia o fino tinir de libras rolando juntas. E imóvel, arrepiado, cravava os olhos ardentes na campainha, pousada pacatamente diante de mim sobre um dicionário francês — a campainha prevista, citada no mirífico in-fólio...

Foi então que, do outro lado da mesa, uma voz insinuante e metálica me disse, no silêncio:

— Vamos, Teodoro, meu amigo, estenda a mão, toque a campainha, seja um forte!

O abajur verde da vela punha uma penumbra em redor. Ergui-o, a tremer. E vi, muito pacificamente sentado, um indivíduo corpulento, todo vestido de preto, de chapéu alto, com as duas mãos calçadas de luvas negras gravemente apoiadas ao cabo de um guarda-chuva. Não tinha nada de fantástico. Parecia tão contemporâneo, tão regular, tão classe média como se viesse da minha repartição...

Toda a sua originalidade estava no rosto, sem barba, de linhas fortes e duras; o nariz brusco, de um aquilino formidável, apresentava a expressão rapace e atacante de um bico de águia; o corte dos lábios, muito firme, fazia-lhe como uma boca de bronze; os olhos, ao fixar-se, assemelhavam dois clarões de tiro, partindo subitamente dentre as sarças tenebrosas das sobrancelhas unidas; era lívido — mas, aqui e além na pele, corriam-lhe raiações sanguíneas como num velho mármore fenício.

Veio-me à ideia de repente que tinha diante de mim o Diabo: mas logo todo o meu raciocínio se insurgiu resolutamente contra esta imaginação. Eu nunca acreditei no Diabo — como nunca acreditei em Deus. Jamais o disse alto, ou o escrevi nas gazetas, para não descontentar os poderes públicos, encarregados de manter o respeito por tais entidades: mas que existam esses dois personagens, velhos como a Substância, rivais bonacheirões, fazendo-se mutuamente pirraças amáveis, — um de barbas nevadas e túnica azul, na *toilette* do antigo Jove, habitando os altos luminosos, entre uma corte mais complicada que a de Luís XIV; e o outro enfarruscado e manhoso, ornado de cornos, vivendo nas chamas inferiores, numa imitação burguesa do pitoresco Plutão —, não acredito. Não, não acredito! Céu e Inferno são concepções sociais para uso da plebe — e eu pertenço à classe média. Rezo, é verdade, a Nossa Senhora das Dores: porque, assim como pedi o favor do senhor doutor para passar no meu ato; assim como, para obter os meus vinte mil-réis, implorei a benevolência do senhor deputado; igualmente para me subtrair à tísica, à angina, à navalha de ponta, à febre que vem da sarjeta, à casca da laranja escorregadia onde se quebra a perna, a outros males públicos, necessito ter uma proteção extra-humana. Ou pelo rapapé ou pelo incensador, o homem prudente deve ir fazendo assim uma série de sábias adulações, desde a Arcada até o Paraíso. Com um compadre no bairro e uma comadre mística nas alturas — o destino do bacharel está seguro.

Por isso, livre de torpes superstições, disse familiarmente ao indivíduo vestido de negro:

— Então, realmente, aconselha-me que toque a campainha?

Ele ergueu um pouco o chapéu, descobrindo a fronte estreita, enfeitada de uma gaforinha crespa e negrejante como a do fabuloso Alcides, e respondeu, palavra a palavra:

— Aqui está o seu caso, estimável Teodoro. Vinte mil-réis mensais são uma vergonha social! Por outro lado, há sobre este globo coisas prodigiosas: há vinhos de Borgonha, como por exemplo o Romanée-Conti de 58 e o Chambertin de 61, que custam, cada garrafa, de dez a onze mil-réis; e quem bebe o primeiro cálice, não hesitará, para beber o segundo, em assassinar seu pai... Fabricam-se em Paris e em Londres carruagens de tão suaves molas, de tão mimosos estofos, que é preferível percorrer nelas o Campo Grande, a viajar, como os antigos deuses, pelos céus, sobre os fofos coxins das nuvens... Não farei à sua instrução a ofensa de o informar que se mobilam hoje casas, de um estilo e de um conforto, que são elas que realizam superiormente esse regalo fictício, chamado outrora a "bem-aventurança". Não lhe falarei, Teodoro, de outros gozos terrestres: como, por exemplo, o Teatro do Palais Royal, o baile Laborde, o Café Anglais... Só chamarei a sua atenção para este fato: existem seres que se chamam Mulheres — diferentes daqueles que conhece, e que se denominam Fêmeas. Esses seres, Teodoro, no meu tempo, a página 3 da Bíblia, apenas usavam exteriormente uma folha de vinha. Hoje, Teodoro, é toda uma sinfonia, todo um engenhoso e delicado poema de rendas, *baptistes*, cetins, flores, joias, casimiras, gases e veludos... Compreende a satisfação inenarrável que haverá, para os cinco dedos de um cristão, em percorrer, palpar essas maravilhas macias; mas também percebe que não é com o troco de uma placa honesta de cinco tostões que se pagam as contas desses querubins... Mas elas possuem melhor, Teodoro: são os cabelos cor do ouro ou cor da treva, tendo assim nas suas tranças a aparência emblemática das duas grandes tentações humanas — a fome do metal precioso e o conhecimento do absoluto transcendente. E ainda têm mais: são os braços cor de mármore, de uma frescura de lírio orvalhado; são os seios, sobre os quais o grande Praxíteles modelou a sua Taça, que é a linha mais pura e mais ideal da Antiguidade... Os seios, outrora (na ideia desse ingênuo Ancião que os formou, que fabricou o mundo e de quem uma inimizade secular me veda de pronunciar o nome), eram destinados à nutrição augusta da humanidade; sossegue porém, Teodoro; hoje nenhuma mamã racional os expõe a essa função deterioradora e severa; servem só para resplandecer, aninhados em rendas, ao gás das *soirées*, — e para outros usos secretos. As conveniências impedem-me de prosseguir nesta exposição radiosa das belezas, que constituem o "fatal feminino"... De resto as suas pupilas já rebrilham... Ora, todas essas coisas, Teodoro, estão para além, infinitamente para além dos seus vinte mil-réis por mês... Confesse, ao menos, que estas palavras têm o venerável selo da verdade!...

Eu murmurei, com as faces abrasadas:
— Têm.
E a sua, voz prosseguiu, paciente e suave:
— Que me diz a cento e cinco, ou cento e seis mil contos? Bem sei, é uma bagatela... Mas enfim, constituem um começo; são uma ligeira habilitação para conquistar a felicidade. Agora pondere estes fatos: O mandarim, esse mandarim do fundo da China, está decrépito e está gotoso: como homem, como funcionário do Celeste Império, é mais inútil em Pequim e na humanidade, que um seixo na boca de um cão esfomeado. Mas a transformação da Substância existe: garanto-lha eu, que sei o segredo das coisas... Porque a terra é assim: recolhe aqui um homem apodrecido e restitui-o além ao conjunto das formas como vegetal viçoso. Bem pode ser que ele, inútil como mandarim no Império do Meio, vá

ser útil em outra terra como rosa perfumada ou saboroso repolho. Matar, meu filho, é quase sempre equilibrar as necessidades universais. É eliminar aqui a excrescência para ir além suprir a falta. Penetre-se destas sólidas filosofias. Uma pobre costureira de Londres anseia por ver florir, na sua trapeira, um vaso cheio de terra negra: uma flor consolaria aquela deserdada; mas na disposição dos seres, infelizmente, nesse momento, a Substância que lá devia ser rosa é aqui na Baixa homem de Estado... Vem então o fadista de navalha aberta e fende o estadista; o enxurro leva-lhe os intestinos; enterram-no, com tipoias atrás; a matéria começa a desorganizar-se, mistura-se à vasta evolução dos átomos — e o supérfluo homem de governo vai alegrar, sob a forma de amor-perfeito, a água-furtada da loura costureira. O assassino é um filantropo! Deixe-me resumir, Teodoro: a morte desse velho mandarim idiota traz-lhe à algibeira alguns milhares de contos. Pode desde esse momento dar pontapés nos poderes públicos: medite na intensidade deste gozo! É desde logo citado nos jornais: reveja-se nesse máximo da glória humana! E agora note: é só agarrar a campainha e fazer ti-li-tim. Eu não sou um bárbaro: compreendo a repugnância de um *gentleman* em assassinar um contemporâneo: o espirrar do sangue suja vergonhosamente os punhos, e é repulsivo o agonizar de um corpo humano. Mas aqui, nenhum desses espetáculos torpes... É como quem chama um criado... E são cento e cinco ou cento e seis mil contos; não me lembro, mas tenho-o nos meus apontamentos... O Teodoro não duvida de mim. Sou um cavalheiro: provei-o, quando, fazendo a guerra a um tirano na primeira insurreição da justiça, me vi precipitado de alturas que nem vossa senhoria concebe... Um trambolhão considerável, meu caro senhor! Grandes desgostos! O que me consola é que o outro está também muito abalado: porque, meu amigo, quando um Jeová tem apenas contra si um Satanás, tira-se bem de dificuldades mandando carregar mais uma legião de arcanjos; mas quando o inimigo é um homem, armado de uma pena de pato e de um caderno de papel branco — está perdido... Enfim, são cento e seis mil contos. Vamos, Teodoro, aí tem a campainha, seja um homem.

Eu sei o que deve a si mesmo um cristão. Se esse personagem me tivesse levado ao cume de uma montanha na Palestina, por uma noite de lua cheia, e aí, mostrando-me cidades, raças e impérios adormecidos, sombriamente me dissesse: "Mata o mandarim, e tudo o que vês em vale e colina será teu", eu saberia replicar-lhe, seguindo um exemplo ilustre, e erguendo o dedo às profundidades consteladas: "O meu reino não é deste mundo!". Eu conheço os meus autores. Mas eram cento e tantos mil contos, oferecidos à luz de uma vela de estearina, na travessa da Conceição, por um sujeito de chapéu alto, apoiado a um guarda-chuva...

Então não hesitei. E, de mão firme, repeniquei a campainha. Foi talvez uma ilusão; mas pareceu-me que um sino, de boca tão vasta como o mesmo céu, badalava na escuridão, através do Universo, num tom temeroso que decerto foi acordar sóis que faziam né-né e planetas pançudos ressonando sobre os seus eixos...

O indivíduo levou um dedo à pálpebra, e limpando a lágrima que enevoara um instante o seu olho rutilante:

— Pobre Ti Chin-Fu!...

— Morreu?

— Estava no seu jardim, sossegado, armando, para o lançar ao ar, um papagaio de papel, no passatempo honesto de um mandarim retirado — quando o surpreendeu esse ti-li-tim da campainha. Agora jaz à beira de um arroio cantante, todo vestido de seda amarela, morto, de panças ao ar, sobre a relva verde: e nos braços frios tem o seu papagaio de papel, que parece tão morto como ele. Amanhã são os funerais. Que a sabedoria de Confúcio, penetrando-o, ajude a bem emigrar a sua alma!

E o sujeito, erguendo-se, tirou respeitosamente o chapéu, saiu, com o seu guarda-chuva debaixo do braço.

Então, ao sentir bater a porta, afigurou-se-me que emergia de um pesadelo. Saltei ao corredor. Uma voz jovial falava com a madame Marques; e a cancela da escada cerrou-se subitamente.

— Quem é que saiu agora, ó D. Augusta? — perguntei, num suor.

— Foi o Cabritinha, que vai um bocadinho à batota...

Voltei ao quarto: tudo lá repousava tranquilo, idêntico, real. O in-fólio ainda estava aberto na página temerosa. Reli-a: agora parecia-me apenas a prosa antiquada de um moralista caturra; cada palavra se tornara como um carvão apagado...

Deitei-me — e sonhei que estava longe, para além de Pequim, nas fronteiras da Tartária, no quiosque de um convento de Lamas, ouvindo máximas prudentes e suaves que escorriam, com um aroma fino de chá, dos lábios de um Buda vivo.

II

Decorreu um mês.

Eu, no entanto, rotineiro e triste, lá ia pondo o meu cursivo ao serviço dos poderes públicos, e admirando aos domingos a perícia tocante com que a D. Augusta lavava a caspa do Couceiro. Era agora evidente para mim que, nessa noite, eu adormecera sobre o in-fólio e sonhara com uma "Tentação da Montanha" sob formas familiares. Instintivamente, porém, comecei a preocupar-me com a China. Ia ler os telegramas à Havanesa; e o que o meu interesse lá buscava eram sempre as notícias do Império do Meio; parece porém que, a esse tempo, nada se passava na região das raças amarelas... A Agência Havas só tagarelava sobre a Herzegovina, a Bósnia, a Bulgária e outras curiosidades bárbaras...

Pouco a pouco fui esquecendo o meu episódio fantasmagórico: e ao mesmo tempo, como gradualmente o meu espírito resserenava, voltaram de novo a mover-se as antigas ambições que lá habitavam — um ordenado de diretor geral, um seio amoroso de Lola, bifes mais tenros que os da D. Augusta. Mas tais regalos pareciam-me tão inacessíveis, tão nascidos dos sonhos — como os próprios milhões do mandarim. E pelo monótono deserto da vida, lá foi seguindo, lá foi marchando a lenta caravana das minhas melancolias...

Um domingo de agosto, de manhã, estirado na cama em mangas de camisa, eu dormitava, com o cigarro apagado no lábio — quando a porta rangeu devagarinho, e entreabrindo a pálpebra dormente, vi curvar-se ao meu lado uma calva respeitosa. E logo uma voz perturbada murmurou:

— O Sr. Teodoro?... O Sr. Teodoro do Ministério do Reino?

Ergui-me lentamente sobre o cotovelo e respondi, num bocejo:

— Sou eu, cavalheiro.

O indivíduo recurvou o espinhaço: assim na presença augusta de el-Rei Bobeche se arqueia o cortesão... Era pequenino e obeso; a ponta das suíças brancas roçava-lhe as lapelas do fraque de alpaca; veneráveis óculos de ouro reluziam na sua face bochechuda, que pareciam uma próspera personificação da Ordem; e todo ele tremia desde a calva lustrosa até os botins de bezerro. Pigarreou, cuspilhou, balbuciou:

— São notícias para vossa senhoria! Consideráveis notícias! O meu nome é Silvestre... Silvestre, Juliano & Cia. ...Um serviçal criado de vossa excelência... Chegaram justamente pelo paquete de Southampton... Nós somos correspondentes de Brito, Alves & Cia. de Macau... Correspondentes de Craig and Co. de Hong Kong... As letras vêm de Hong Kong...

O sujeito engasgava-se; e a sua mão gordinha agitava em tremuras um envelope repleto, com um selo de lacre negro.

— Vossa excelência — prosseguiu — estava decerto prevenido... Nós é que o não estávamos... A atrapalhação é natural... O que esperamos é que vossa excelência nos conserve a sua benevolência... Nós sempre respeitamos muito o caráter de vossa excelência... Vossa excelência é nesta terra uma flor de virtude, e espelho de bons! Aqui estão os primeiros saques sobre Bhering and Brothers de Londres... Letras a trinta dias sobre Rothschild...

A esse nome, ressoante como o mesmo ouro, saltei vorazmente do leito.

— O que é isso, senhor? — gritei.

E ele, gritando mais, brandindo o envelope, todo alçado no bico dos botins:

— São cento e seis mil contos, senhor! Cento e seis mil contos sobre Londres, Paris, Hamburgo e Amsterdã, sacados a seu favor, excelentíssimo senhor!... A seu favor, excelentíssimo senhor! Pelas casas de Hong Kong, de Xangai e de Cantão, da herança depositada do mandarim Ti Chin-Fu!

Senti tremer o globo sob os meus pés — e cerrei um momento os olhos. Mas compreendi, num relance, que eu era, desde essa hora, como uma encarnação do Sobrenatural, recebendo dele a minha força e possuindo os seus atributos. Não podia comportar-me como um homem, nem desconsiderar-me em expansões humanas. Até, para não quebrar a linha hierática — abstive-me de ir soluçar, como mo pedia a alma, sobre o vasto seio da madame Marques...

De ora em diante cabia-me a impassibilidade de um Deus — ou de um Demônio: dei, com naturalidade, um puxão às calças e disse a Silvestre, Juliano & Cia. estas palavras:

— Está bem! O mandarim.... esse mandarim que disse, portou-se com cavalheirismo. Eu sei do que se trata: é uma questão de família. Deixe aí os papéis... Bons dias.

Silvestre, Juliano & Cia. retirou-se, às arrecuas, de dorso vergado e fronte voltada ao chão.

Eu então fui abrir, toda larga, a janela: e, dobrando para trás a cabeça, respirei o ar cálido, consoladamente, como uma corça cansada...

Depois olhei para baixo, para a rua, onde toda uma burguesia se escoava, numa pacata saída de missa, entre duas filas de trens. Fixei, aqui e além, inconscientemente, algumas cuias de senhoras, alguns metais brilhantes de arreios. E de repente veio-me esta ideia, esta triunfante certeza — que todas aquelas tipoias as podia eu tomar à hora ou ao ano! Que nenhuma das mulheres que via deixaria de me oferecer o seu seio nu a um aceno do meu desejo! Que todos esses homens, de sobrecasaca de domingo, se prostrariam diante de mim como diante de um Cristo, de um Maomé ou de um Buda, se eu lhes sacudisse junto à face cento e seis mil contos sobre as praças da Europa!...

Apoiei-me à varanda: e ri, com tédio, vendo a agitação efêmera daquela humanidade subalterna — que se considerava livre e forte, enquanto por cima, numa sacada de quarto andar, eu tinha na mão, num enveloppe lacrado de negro, o princípio mesmo da sua fraqueza e da sua escravidão! Então, satisfações do Luxo, regalos do Amor, orgulhos do Poder, tudo gozei, pela imaginação, num instante, e de um só sorvo. Mas logo uma grande saciedade me foi invadindo a alma: e, sentindo o mundo aos meus pés, bocejei como um leão farto.

De que me serviam por fim tantos milhões senão para me trazerem, dia a dia, a afirmação desoladora da vileza humana?... E assim, ao choque de tanto ouro, ia desaparecer a meus olhos, como um fumo, a beleza moral do Universo! Tomou-me uma tristeza mística. Abati-me sobre uma cadeira; e, com a face entre as mãos, chorei abundantemente.

Daí a pouco a madame Marques abria a porta, toda vistosa nas suas sedas pretas.

— Está-se à sua espera para jantar, enguiço!

Emergi da minha amargura para lhe responder secamente:

— Não janto!
— Mais fica!
Nesse momento estalavam foguetes ao longe. Lembrei-me que era domingo, dia de touros: de repente uma visão rebrilhou, flamejou, atraindo-me deliciosamente — era a tourada vista de um camarote; depois um jantar com champagne; à noite a orgia, como uma iniciação! Corri à mesa. Atulhei as algibeiras de letras sobre Londres. Desci à rua com um furor de abutre fendendo o ar contra a presa. Uma caleche passava, vazia. Detive-a, berrei:

— Aos touros!
— São dez tostões, meu amo!

Encarei com repulsão aquele reles pedaço de matéria organizada — que falava em placas de prata a um colosso de ouro! Enterrei a mão na algibeira ajoujada de milhões e tirei o meu metal: tinha setecentos e vinte!

O cocheiro bateu a anca da égua e seguiu, resmungando. Eu balbuciei:

— Mas tenho letras!... Aqui estão! Sobre Londres! Sobre Hamburgo!...
— Não pega.

Setecentos e vinte!... E touros, jantar de lorde andaluzas nuas, todo esse sonho expirou como uma bola de sabão que bate a ponta de um prego.

Odiei a humanidade, abominei o numerário. Outra tipoia, lançada a trote, apinhada de gente festiva, quase me atropelou naquela abstração em que eu ficava com os meus setecentos e vinte na palma da mão suada.

Cabisbaixo, enchumaçado de milhões sobre Rothschild, voltei ao meu quarto andar: humilhei-me à madame Marques, aceitei-lhe o bife córneo; e passei essa primeira noite de riqueza bocejando sobre o leito solitário — enquanto fora o alegre Couceiro, o mesquinho tenente de quinze mil-réis de soldo, ria com a D. Augusta, repenicando à viola o Fado da Cotovia.

Foi só na manhã seguinte, ao fazer a barba, que refleti sobre a origem dos meus milhões. Ela era evidentemente sobrenatural e suspeita.

Mas como o meu racionalismo me impedia de atribuir esses tesouros imprevistos à generosidade caprichosa de Deus ou do Diabo, ficções puramente escolásticas; como os fragmentos de positivismo, que constituem o fundo da minha filosofia, não me permitiam a indagação das causas primárias, das origens essenciais — bem depressa me decidi a aceitar secamente esse fenômeno e a utilizá-lo com largueza. Portanto corri de quinzena ao vento para o London and Brazilian Bank...

Aí, arremessei para cima do balcão um papel sobre o Banco de Inglaterra de mil libras e soltei esta deliciosa palavra:

— Ouro!

Um caixeiro sugeriu-me com doçura:

— Talvez lhe fosse mais cômodo em notas...

Repeti secamente:

— Ouro!

Atulhei as algibeiras, devagar, aos punhados: e na rua, ajoujado, icei-me para uma caleche. Sentia-me gordo, sentia-me obeso; tinha na boca um sabor de ouro, uma secura de pó de ouro na pele das mãos: as paredes das casas pareciam-me faiscar como longas lâminas de ouro; e dentro do cérebro ia-me um rumor surdo onde retilintavam metais — como o movimento de um oceano que nas vagas rolasse barras de ouro.

Abandonando-me à oscilação das molas; rebolante como um odre mal firme, deixava cair sobre a rua, sobre a gente, o olhar turvo e tedioso do ser repleto. Enfim, atirando o chapéu para a nuca, estirando a perna, empinando o ventre, arrotei formidavelmente de flatulência ricaça...

Muito tempo rolei assim pela cidade, bestializado num gozo de nababo.

Subitamente um brusco apetite de gastar, de dissipar ouro, veio-me enfunar o peito como uma rajada que incha uma vela.

— Para, animal! — berrei, ao cocheiro.

A parelha estacou. Procurei em redor com a pálpebra meio cerrada alguma coisa cara a comprar — joia de rainha ou consciência de estadista: nada vi; precipitei-me então para um estanco.

— Charutos! De tostão! De cruzado! Mais caros! De dez tostões!

— Quantos? — perguntou servilmente o homem.

— Todos! — respondi com brutalidade.

À porta, uma pobre toda de luto, com o filho encolhido ao seio, estendeu-me a mão transparente. Incomodava-me procurar os trocos de cobre por entre os meus punhados de ouro. Repeli-a, impaciente: e, de chapéu sobre o olho, encarei friamente a turba.

Foi então que avistei, adiantando-se, o vulto ponderoso do meu diretor geral: imediatamente achei-me com o dorso curvado em arco e o chapéu cumprimentador roçando as lajes. Era o hábito da dependência: os meus milhões não me tinham dado ainda a verticalidade à espinha...

Em casa despejei o ouro sobre o leito e rolei-me por cima dele, muito tempo, grunhindo num gozo surdo.

A torre, ao lado, bateu três horas; e o sol apressado já descia, levando consigo o meu primeiro dia de opulência... Então, couraçado de libras, corri a saciar-me!

Ah, que dia! Jantei num gabinete do Hotel Central, solitário e egoísta, com a mesa alastrada de Bordéus, Borgonha, Champagne, Reno, licores de todas as comunidades religiosas — como para matar uma sede de trinta anos! Mas só me fartei de Colares. Depois, cambaleando, arrastei-me para o lupanar! Que noite! A alvorada clareou por trás das persianas; e achei-me estatelado no tapete, exausto e seminu, sentindo o corpo e a alma como esvaírem-se, dissolverem-se naquele ambiente abafado onde errava um cheiro de pó de arroz, de fêmea e de *punch*...

Quando voltei à travessa da Conceição, as janelas do meu quarto estavam fechadas, e a vela expirava, com fogachos lívidos, no castiçal de latão. Então, ao chegar junto à cama, vi isto: estirada de través, sobre a coberta, jazia uma figura bojuda de mandarim fulminado, vestida de seda amarela, com um grande rabicho solto; e entre os braços, como morto também, tinha um papagaio de papel!

Abri desesperadamente a janela; tudo desapareceu — o que estava agora sobre o leito era um velho paletó alvadio.

III

Então começou a minha vida de milionário. Deixei bem depressa a casa de madame Marques — que, desde que me sabia rico, me tratava todos os dias a arroz doce, e ela mesma me servia, com o seu vestido de seda dos domingos. Comprei, habitei o palacete amarelo, ao Loreto: as magnificências da minha instalação são bem conhecidas pelas gravuras indiscretas da Ilustração Francesa. Tornou-se famoso na Europa o meu leito, de um gosto exuberante e bárbaro, com a barra recoberta de lâminas de ouro lavrado e cortinados de um raro brocado negro onde ondeiam, bordados a pérolas, versos eróticos de Catulo; uma lâmpada, suspensa no interior, derrama ali a claridade láctea e amorosa de um luar de verão.

Os meus primeiros meses ricos, não o oculto, passei-os a amar — a amar com o sincero bater de coração de um pajem inexperiente. Tinha-a visto, como numa página de novela, regando os seus craveiros à varanda: chamava-se Cândida; era pequenina, era loura; morava a Buenos Aires, numa casinha casta recoberta de trepadeiras; e lembrava-me, pela graça e pelo airoso da cinta, tudo o que a arte tem criado de mais fino e frágil — Mimi, Virgínia, a Joaninha do Vale de Santarém.

Todas as noites eu caía, em êxtases de místico, aos seus pés cor de jaspe. Todas as manhãs lhe alastrava o regaço de notas de vinte mil-réis: ela repelia-as primeiro com um rubor — depois, ao guardá-las na gaveta, chamava-me o seu anjo Totó.

Um dia que eu me introduzira, a passos sutis, por sobre o espesso tapete sírio, até o seu *boudoir* — ela estava escrevendo, muito enlevada, de dedinho no ar:

ao ver-me, toda trêmula, toda pálida, escondeu o papel que tinha o seu monograma. Eu arranquei-lho, num ciúme insensato. Era a carta, a carta costumada, a carta necessária, a carta que desde a velha antiguidade a mulher sempre escreve; começava por "meu idolatrado"— e era para um alferes da vizinhança...

Desarraiguei logo esse sentimento do meu peito como uma planta venenosa. Descri para sempre dos anjos louros, que conservam no olhar azul o reflexo dos céus atravessados; de cima do meu ouro deixei cair sobre a Inocência, o Pudor e outras idealizações funestas, a ácida gargalhada de Mefistófeles[1] e organizei friamente uma existência animal, grandiosa e cínica.

Ao bater do meio-dia entrava na minha tina de mármore cor-de-rosa, onde os perfumes derramados davam à água um tom opaco de leite; depois pajens tenros, de mão macia, friccionavam-me com o cerimonial de quem celebra um culto; e embrulhado num robe de chambre de seda da Índia, através da galeria, dando aqui e além um olhar aos meus Fortunys e aos meus Corots, entre alas silenciosas de lacaios, dirigia-me ao bife à inglesa, servido em Sèvres azul e ouro.

O resto da manhã, se havia calor, passava-o sobre coxins de cetim cor de pérola, num *boudoir* em que a mobília era de porcelana fina de Dresde e as flores faziam um jardim de Armida; aí saboreava o *Diário de*

---

[1] Personagem central na obra *Fausto*, do escritor alemão Johann Wolfgang von Goethe (1749–1832). Mefistófeles é uma encarnação do mal, aliado a Lúcifer para captura das almas inocentes.

Notícias, enquanto lindas raparigas vestidas à japonesa refrescavam o ar, agitando leques de plumas.

De tarde ia dar uma volta a pé, até o Pote das Almas: era a hora mais pesada do dia; encostado à bengala, arrastando as pernas moles, abria bocejos de fera saciada — e a turba abjeta parava a contemplar, em êxtases, o nababo enfastiado!

Às vezes vinha-me como uma saudade dos meus tempos ocupados da repartição. Entrava em casa; e encerrado na livraria, onde o Pensamento da Humanidade repousava esquecido e encadernado em marroquim, aparava uma pena de pato e ficava horas lançando sobre folhas do meu querido Tojal de outrora: "Il.mo e Ex.mo Sr. — Tenho a honra de participar a V. Ex.a... Tenho a honra de passar às mãos de V. Ex.a...".

Ao começo da noite um criado, para anunciar o jantar, fazia soar pelos corredores na sua tuba de prata, à moda gótica, uma harmonia solene. Eu erguia-me e ia comer, majestoso e solitário. Uma populaça de lacaios, de librés de seda negra, servia, num silêncio de sombras que resvalam, as vitualhas raras, vinhos do preço de joias: toda a mesa era um esplendor de flores, luzes, cristais, cintilações de ouro — e enrolando-se pelas pirâmides de frutos, misturando-se ao vapor dos pratos, errava, como uma névoa sutil, um tédio inenarrável...

Depois, apoplético, atirava-me para o fundo do cupê — e lá ia às Janelas Verdes, onde nutria, num jardim de serralho, entre requintes muçulmanos, um viveiro de fêmeas: revestiam-me de uma túnica de seda fresca e perfumada — e eu abandonava-me a delírios abomináveis... Traziam-me semi morto para casa, ao primeiro alvor da manhã: fazia maquinalmente o meu sinal da cruz e daí a pouco roncava de ventre ao ar, lívido e com um suor frio, como um Tibério exausto.

Entretanto Lisboa rojava-se aos meus pés. O pátio do palacete estava constantemente invadido por uma turba: olhando-a enfastiado das janelas da galeria, eu via lá branquejar os peitilhos da aristocracia, negrejar a sotaina do clero e luzir o suor da plebe: todos vinham suplicar, de lábio abjeto, a honra do meu sorriso e uma participação no meu ouro. Às vezes consentia em receber algum velho de título histórico — ele adiantava-se pela sala, quase roçando o tapete com os cabelos brancos, tartamudeando adulações; e imediatamente, espalmando sobre o peito a mão de fortes veias onde corria um sangue de três séculos, oferecia-me uma filha bem-amada para esposa ou para concubina.

Todos os cidadãos me traziam presentes como a um ídolo sobre o altar — uns odes votivas, outros o meu monograma bordado a cabelo, alguns chinelos ou boquilhas, cada um a sua consciência. Se o meu olhar amortecido fixava, por acaso, na rua, uma mulher — era logo ao outro dia uma carta em que a criatura, esposa ou prostituta, me ofertava a sua nudez, o seu amor e todas as complacências da lascívia.

Os jornalistas esporeavam a imaginação para achar adjetivos dignos da minha grandeza; fui o "sublime Sr. Teodoro", cheguei a ser o "celeste Sr. Teodoro"; então, desvairada, a *Gazeta das Locais* chamou-me o "extraceleste Sr. Teodoro"! Diante de mim nenhuma cabeça ficou jamais coberta — ou usasse a coroa ou o coco. Todos os dias me era oferecida uma presidência de Ministério ou uma direção de Confraria. Recusei sempre, com nojo.

Pouco a pouco o rumor das minhas riquezas foi passando os confins da monarquia. O *Fígaro*, cortesão, em cada número falou de mim, preferindo-me a Henrique V; o grotesco imortal, que assina "Saint-Genest", dirigiu-me apóstrofes convulsivas, pedindo-me para salvar a França; e foi então que as Ilustrações estrangeiras publicaram, a cores, as cenas do meu viver. Recebi de todas as princesas da Europa envelopes, com selos heráldicos, expondo-me, por fotografias, por documentos, a forma dos seus corpos e a antiguidade das suas genealogias. Duas pilhérias que soltei durante esse ano foram telegrafadas ao universo pelos fios da Agência Havas; e fui considerado mais espirituoso que Voltaire, que Rochefort e que esse fino entendimento que se chama "todo o mundo". Quando o meu intestino se aliviava com estampido — a humanidade sabia-o pelas gazetas. Fiz empréstimos aos reis, subsidiei guerras civis — e fui caloteado por todas as repúblicas latinas que orlam o golfo do México.

E eu, no entanto, vivia triste...

Todas as vezes que entrava em casa estacava, arrepiado, diante da mesma visão: ou estirada no limiar da porta, ou atravessada sobre o leito de ouro — lá jazia a figura bojuda, de rabicho negro e túnica amarela, com o seu papagaio nos braços... Era o mandarim Ti Chin-Fu! Eu precipitava-me, de punho erguido: e tudo se dissipava.

Então caía aniquilado, todo em suor, sobre uma poltrona, e murmurava no silêncio do quarto, onde as velas dos candelabros davam tons ensanguentados aos damascos vermelhos:

— Preciso matar este morto!

E, todavia, não era essa impertinência de um velho fantasma pançudo, acomodando-se nos meus móveis, sobre as minhas colchas, que me fazia saber mal a vida.

O horror supremo consistia na ideia, que se me cravara então no espírito como um ferro inarrancável — *que eu tinha assassinado um velho!*

Não fora com uma corda em torno da garganta à moda muçulmana; nem com veneno num cálice de vinho de Siracusa, à maneira italiana da Renascença; nem com algum dos métodos clássicos, que na história das monarquias têm recebido consagração augusta — a punhal como D. João II, à clavina como Carlos IX...

Tinha eliminado a criatura, de longe, com uma campainha. Era absurdo, fantástico, faceto. Mas não diminuía a trágica negrura do fato: *eu assassinara um velho!*

Pouco a pouco essa certeza ergueu-se, petrificou-se na minha alma e, como uma coluna num descampado, dominou toda a minha vida interior: de sorte que, por mais desviado caminho que tomassem, os meus pensamentos viam sempre negrejar no horizonte aquela memória acusadora; por mais alto que se levantasse o voo das minhas imaginações, elas terminavam por ir fatalmente ferir as asas nesse monumento de miséria moral.

Ah! Por mais que se considere Vida e Morte como banais transformações da Substância, é pavoroso o pensamento — que se fez regelar um sangue quente, que se imobilizou um músculo vivo! Quando, depois de jantar, sentindo ao lado o aroma do café, eu me estirava no sofá, enlanguescido, numa sensação de plenitude, elevava-se logo dentro em mim, melancólico como o coro que vem de um ergástulo, todo um sussurro de acusações:

— E todavia tu fizestes que esse bem-estar em que te regalas nunca mais fosse gozado pelo venerável Ti Chin-Fu!...

Debalde eu replicava à Consciência, lembrando-lhe a decrepitude do mandarim, a sua gota incurável... Facunda em argumentos, gulosa de controvérsia, ela retorquia logo com furor:

— Mas, ainda na sua atividade mais resumida, a vida é um bem supremo: porque o encanto dela reside no seu princípio mesmo e não na abundância das suas manifestações!

Eu revoltava-me contra esse pedantismo retórico de pedagogo rígido: erguia alto a fronte, gritava-lhe numa arrogância desesperada:

— Pois bem! Matei-o! Melhor! Que queres tu? O teu grande nome de Consciência não me assusta! És apenas uma perversão da sensibilidade nervosa. Posso eliminar-te com flor de laranja!

E imediatamente sentia passar-me na alma, com uma lentidão de brisa, um rumor humilde de murmurações irônicas:

— Bem, então come, dorme, banha-te e ama...

Eu assim fazia. Mas logo os próprios lençóis de bretanha do meu leito tomavam aos meus olhos apavorados os tons lívidos de uma mortalha; a água perfumada em que me mergulhava arrefecia-me sobre a pele, com a sensação espessa de um sangue que coalha: e os peitos nus das minhas amantes entristeciam-me, como lápides de mármore que encerram um corpo morto.

Depois assaltou-me uma amargura maior: comecei a pensar que Ti Chin-Fu tinha decerto uma vasta família, netos, bisnetos tenros, que, despojados da herança que eu comia à farta em pratos de Sèvres, numa pompa de sultão perdulário, iam atravessando na China todos os infernos tradicionais da miséria humana — os dias sem arroz, o corpo sem agasalho, a esmola recusada, a rua lamacenta por morada...

Compreendi então porque me perseguia a figura obesa do velho letrado; e dos seus lábios recobertos pelos longos pelos brancos do seu bigode de sombra parecia-me sair agora esta acusação desolada: "Eu não me lamento a mim, forma meio morta que era; choro os tristes que arruinaste, e que a estas horas, quando tu vens do seio fresco das tuas amorosas, gemem de fome, regelam na frialdade, apinhados num grupo expirante, entre leprosos e ladrões, na Ponte dos Mendigos, ao pé dos terraços do Templo do Céu!".

Oh tortura engenhosa! Tortura realmente chinesa! Não podia levar à boca um pedaço de pão sem imaginar imediatamente o bando faminto de criancinhas, a descendência de Ti Chin-Fu, penando, como passarinhos implumes que abrem debalde o bico e piam em ninho abandonado; se me abafava no meu paletó era logo a visão de desgraçadas senhoras, mimosas outrora de tépido conforto chinês, hoje roxas de frio, sob andrajos de velhas sedas, por uma manhã de neve; o teto de ébano do meu palacete lembrava-me a família do mandarim dormindo à beira dos canais, farejada pelos cães; e o meu cupê bem forrado fazia-me arrepiar à ideia das longas caminhadas errantes, por estradas encharcadas, sob um duro inverno asiático...

O que eu sofria! E era o tempo em que a populaça invejosa vinha pasmar para o meu palacete, comentando as felicidades inacessíveis que lá deviam habitar!

Enfim, reconhecendo que a Consciência era dentro em mim como uma serpente irritada — decidi implorar o auxílio daquele que dizem ser superior à Consciência porque dispõe da Graça.

Infelizmente eu não acreditava Nele... Recorri pois à minha antiga divindade particular, ao meu dileto ídolo, padroeira da minha família, Nossa Senhora das Dores. E, regiamente pago, um povo de curas e cônegos, pelas catedrais de cidades e pelas capelas de aldeia, foi pedindo a Nossa Senhora das Dores que voltasse os seus olhos piedosos para o meu mal interior... Mas nenhum alívio desceu desses céus inclementes, para onde há milhares de anos debalde sob e o calor da miséria humana.

Então eu próprio me abismei em práticas piedosas — e Lisboa assistiu a este espetáculo extraordinário: um ricaço, um nababo, prostrando-se humildemente ao pé dos altares, balbuciando de mãos postas frases da salve-rainha, como se visse na Oração e no Reino do Céu, que ela conquista, outra coisa mais que uma consolação fictícia, que os que possuem tudo inventaram para contentar os que não possuem nada... Eu pertenço à burguesia; e sei que se ela mostra à plebe desprovida um paraíso distante, gozos inefáveis a alcançar — é para lhe afastar a atenção dos seus cofres repletos e da abundância das suas searas.

Depois, mais inquieto, fiz dizer milhares de missas, simples e cantadas, para satisfazer a alma errante de Ti Chin-Fu. Pueril desvario de um cérebro peninsular! O velho mandarim na sua classe de letrado, de membro da Academia dos Han-Lin, colaborador provável do grande tratado Khu-Tsuane-Chu, que já tem setenta e oito mil e setecentos e trinta volumes, era certamente um sectário da doutrina, da moral positiva de Confúcio... Nunca ele, sequer, queimara mechas perfumadas em honra de Buda: e os cerimoniais do sacrifício místico deviam parecer à sua abominável alma de gramático e de cético como as pantominas dos palhaços no teatro de Hong-Tung!

Então prelados astutos, com experiência católica, deram-me um conselho sutil — captar a benevolência de Nossa Senhora das Dores com presentes, flores, brocados e joias, como se quisesse alcançar os favores de Aspásia: e à maneira de um banqueiro obeso, que obtém as complacências de uma dançarina dando-lhe um *cottage* entre árvores — eu, por uma sugestão sacerdotal, tentei peitar a doce Mãe dos Homens, erguendo-lhe uma catedral toda de mármore branco. A abundância das flores punha entre os pilares lavrados perspectivas de paraísos: a multiplicidade dos lumes lembrava uma magnificência sideral... Despesas vãs! O fino e erudito cardeal Nani veio de Roma consagrar a igreja; mas, quando eu nesse dia entrei a visitar a minha hóspeda divina, o que vi, para além das calvas dos celebrantes, entre a mística névoa dos incensos, não foi a Rainha da Graça, loura, na sua túnica azul — foi o velho malandro com o seu olho oblíquo e o seu papagaio nos braços! Era a ele, ao seu branco bigode tártaro, à sua pança cor de oca, que todo um sacerdócio recamado de ouro estava oferecendo, ao roncar do órgão, a eternidade dos louvores!...

Então, pensando que Lisboa, o meio dormente em que me movia, era favorável ao desenvolvimento dessas imaginações — parti, viajei sobriamente, sem pompa, com um baú e um lacaio.

Visitei, na sua ordem clássica, Paris, a banal Suíça, Londres, os lagos taciturnos da Escócia: ergui a minha tenda diante das muralhas evangélicas de Jerusalém; e de Alexandria a Tebas, fui ao comprido desse longo Egito monumental e triste como o corredor de um mausoléu. Conheci o enjoo dos paquetes, a monotonia das ruínas, a melancolia das multidões desconhecidas, as desilusões do bulevar: e o meu mal interior ia crescendo.

Agora já não era só a amargura de ter despojado uma família venerável: assaltava-me o remorso mais vasto de ter privado toda uma sociedade de um personagem fundamental, um letrado experiente, coluna da Ordem, esteio de instituições. Não se pode arrancar assim a um Estado uma personalidade do valor de cento e seis mil contos sem lhe perturbar o equilíbrio... Essa ideia pungia-me acerbamente. Ansiei por saber se na verdade a desaparição de Ti Chin-Fu fora funesta à decrépita China: li todos os jornais de Hong-Kong e de Xangai, velei a noite sobre histórias de viagens, consultei sábios missionários — e artigos, homens, livros, tudo me falava da decadência do Império do Meio, províncias arruinadas, cidades moribundas, plebes esfomeadas, pestes e rebeliões, templos aluindo-se, leis perdendo a autoridade, a decomposição de um mundo, como uma nau encalhada que a vaga desfez tábua a tábua!...

E eu atribuía-me essas desgraças da sociedade chinesa! No meu espírito doente Ti Chin-Fu tomara então o valor desproporcionado de um César, um Moisés, um desses seres providenciais que são a força de uma raça. Eu matara-o; e com ele desaparecera a vitalidade da sua pátria! O seu vasto cérebro poderia talvez ter salvado, a rasgos geniais, aquela velha monarquia asiática — e eu imobilizara-lhe a ação criadora! A sua fortuna concorreria a refazer a grandeza do erário — eu estava-a dissipando a oferecer pêssegos em janeiro às messalinas do Hélder! Amigos, conheci o remorso colossal de ter arruinado um império!

Para esquecer esse tormento complicado, entreguei-me à orgia. Instalei-me num palacete da avenida dos Campos Elíseos — e foi medonho. Dava festas à Trimalcião: e, nas horas mais ásperas de fúria libertina, quando das charangas, na estridência brutal dos cobres, rompiam os cancãs quando prostitutas, de seio desbragado, ganiam coplas canalhas; quando os meus convidados boêmios, ateus de cervejaria, injuriavam Deus, com a taça de champanhe erguida — eu, tomado subitamente como Heliogábalo de um furor de bestialidade, de um ódio contra o Pensante e o Consciente, atirava-me ao chão a quatro patas e zurrava formidavelmente de burro...

Depois quis ir mais baixo, ao deboche da plebe, às torpezas alcoólicas do *assommoir:* e quantas vezes, vestido de blusa, com o casquete para a nuca, de braço dado com Mes-Bottes ou Bibi-la-Gaillarde, num tropel avinhado, fui cambaleando pelos bulevares exteriores, a uivar, entre arrotos:

Allons, enfants de la patrie-e-e!...
Le jour de gloire est arrivé...

Foi uma manhã, depois de um desses excessos, à hora em que nas trevas da alma do debochado se ergue uma vaga aurora espiritual — que me nasceu, de repente, a ideia de partir para a China! E, como soldados em acampamento adormecido, que ao som do clarim se erguem, e um a um se vão juntando e formando coluna — outras ideias se foram reunindo no meu espírito, alinhando-se, completando um plano formidável... Partiria para Pequim; descobriria a família de Ti Chin-Fu; esposando uma das senhoras, legitimaria a posse dos meus milhões; daria àquela casa letrada a antiga prosperidade; celebraria funerais pomposos ao mandarim, para lhe acalmar o espírito irritado; iria pelas províncias miseráveis fazendo colossais distribuições de arroz; e, obtendo do imperador o botão de cristal de mandarim, acesso fácil a um bacharel, substituir-me-ia à personalidade desaparecida de Ti Chin-Fu — e poderia assim restituir legalmente à sua pátria, se não a autoridade do seu saber, ao menos a força do seu ouro.

Tudo isso, por vezes, me aparecia como um programa indefinido, nevoento, pueril e idealista. Mas já o desejo dessa aventura original e épica me envolvera; e eu ia, arrebatado por ele, como uma folha seca numa rajada.

Anelei, suspirei por pisar a terra da China! Depois de altos preparativos, apressados a punhados de ouro, uma noite parti enfim para Marselha. Tinha alugado todo um paquete, o Ceilão. E na manhã seguinte, por um mar azul-ferrete, sob o voo branco das gaivotas, quando os primeiros raios do sol ruborizavam as torres de Nossa Senhora da Guarda, sobre o seu rochedo escuro — pus a proa ao Oriente.

IV

O Ceilão teve uma viagem calma e monótona até Xangai.

Daí subimos pelo rio Azul a Tien-Tsin num pequeno *steamer* da Companhia Russel. Eu não vinha visitar a China numa curiosidade ociosa de *touriste*: toda a paisagem dessa província, que se assemelha à dos vasos de porcelana, de um tom azulado e vaporoso, com colinazinhas calvas e de longe a longe um arbusto bracejante, me deixou sombriamente indiferente.

Quando o capitão do *steamer*, um *yankee* impudente de focinho de chibo, ao passarmos à altura de Nanquim, me propôs parar, ir percorrer as ruínas monumentais da velha cidade de porcelana — eu recusei, com um movimento seco de cabeça, sem mesmo desviar os olhos tristes da corrente barrenta do rio.

Que pesados e soturnos me pareceram os dias de navegação de Tien-Tsin a Tung-Chu, em barcos chatos que o cheiro dos remadores chineses empestava; ora através de terras baixas inundadas pelo Pei-Hó, ora ao longo de pálidos e infindáveis arrozais; passando aqui uma lúgubre aldeia de lama negra, além um campo coberto de esquifes amarelos; topando a cada momento com cadáveres de mendigos, inchados e esverdeados, que desciam ao fio de água, sob um céu fusco e baixo!

Em Tung-Chu fiquei surpreendido, ao dar com uma escolta de cossacos que mandava ao meu encontro o velho general Camilloff, heroico oficial das campanhas da Ásia Central, e então embaixador da Rússia em Pequim. Eu vinha-lhe recomendado como um ser precioso e raro: e o verboso intérprete Sá-Tó, que ele punha ao meu serviço, explicou-me que as cartas de selo imperial, avisando-o da minha chegada, recebera-as ele, havia semanas, pelos correios da chancelaria que atravessam a Sibéria em trenó, descem a dorso de camelo até a Grande Muralha tártara e entregam aí a mala a esses corredores mongólicos, vestidos de couro escarlate, que dia e noite galopam sobre Pequim.

Camilloff enviava-me um pônei da Manchúria, ajaezado de seda, e um cartão de visita, com estas palavras traçadas a lápis sob o seu nome: "Saúde! O animal é doce de boca!".

Montei o pônei: e a um "hurrá!" dos cossacos, num agitar heroico de lanças, partimos à desfilada pela poeirenta planície — porque já a tarde declinava, e as portas de Pequim fecham-se mal o último raio de sol deixa as torres do Templo do Céu. Ao princípio seguimos uma estrada, caminho batido do trânsito das caravanas, atravancado de enormes lajes de mármore dessoldadas da antiga Via Imperial. Depois passamos a ponte de Pa Li-Kao, toda de mármore branco, flanqueada de dragões arrogantes. Vamos correndo então à beira de canais de água negra: começam a aparecer pomares, aqui e além uma aldeia de cor azulada, aninhada ao pé de um pagode — de repente, a um cotovelo do caminho, paro assombrado...

Pequim está diante de mim! É uma vasta muralha, monumental e bárbara, de um negro baço, estendendo-se a perder de vista, e destacando, com as arquiteturas babilônicas das suas portas de tetos recurvos, sobre um fundo de poente de púrpura ensanguentada...

Ao longe, para o norte, num vago de vapor roxo, esbatem-se, como suspensas no ar, as montanhas da Mongólia...

Uma rica liteira esperava-me à porta de Tung Tsen-
-Men, para eu atravessar Pequim até a residência militar
de Camilloff. A muralha agora, ao perto, parecia erguer-se
atéaos céus com o horror de uma construção bíblica: à
sua base apinhava-se uma confusão de barracas, feira
exótica, onde rumorejava uma multidão, e a luz de
lanternas oscilantes cortava já o crepúsculo de vagas
manchas cor de sangue; os toldos brancos faziam ao pé
do negro muro como um bando de borboletas pousadas.

Senti-me triste; subi à liteira, cerrei as cortinas de
seda escarlate todas bordadas a ouro; e cercado dos
cossacos, eis-me entrando a velha Pequim, por essa
porta babélica, na turba tumultuosa, entre carretas,
cadeirinhas de charão, cavaleiros mongólicos armados
de flechas, bonzos de túnica alvejante marchando um a
um e longas filas de lentos dromedários balançando a
sua carga em cadência...

Daí a pouco a liteira parou. O respeitoso Sá-Tó
correu as cortinas, e vi-me num jardim, escurecido e
calado, onde, por entre sicômoros seculares, quiosques
alumiados brilhavam com uma luz doce, como colossais
lanternas pousadas sobre a relva: e toda a sorte de águas
correntes murmuravam na sombra. Sob um peristilo
feito de madeiros pintados a vermelhão, aclarado por
fios de lâmpadas de papel transparente, esperava-me um
membrudo figurão, de bigodes brancos, apoiado a um
grosso espadão. Era o general Camilloff. Ao adiantar-me
para ele, eu sentia o passo inquieto das gazelas fugindo
de leve sob as árvores...

O velho herói apertou-me um momento ao peito e
conduziu-me logo, segundo os usos chineses, ao banho
da hospitalidade, uma vasta tina de porcelana onde entre

rodelas finas de limão sobrenadavam esponjas brancas, num perfume forte de lilás...

Pouco depois a lua banhava deliciosamente os jardins: e eu, muito fresco, de gravata branca, entrava pelo braço de Camilloff no *boudoir* da generala. Era alta e loura; tinha os olhos verdes das sereias de Homero; no decote baixo do seu vestido de seda branca pousava uma rosa escarlate; e nos dedos, que lhe beijei, errava um aroma fino de sândalo e de chá.

Conversamos muito da Europa, do Niilismo, de Zola, de Leão XIII e da magreza de Sarah Bernhardt...

Pela galeria aberta penetrava um ar cálido que recendia a heliotrópio. Depois ela sentou-se ao piano — e a sua voz de contralto quebrou até tarde os silêncios melancólicos da cidade tártara, com as picantes árias de madame Favart e com as melodias afagantes do rei de Lahore.

Ao outro dia cedo, encerrado com o general num dos quiosques do jardim, contei-lhe a minha lamentável história e os motivos fabulosos que me traziam a Pequim. O herói escutava, cofiando sombriamente o seu espesso bigode cassaco.

— O meu prezado hóspede sabe o chinês? — perguntou-me de repente, fixando em mim a pupila sagaz.

— Sei duas palavras importantes, general: "mandarim" e "chá".

Ele passou a sua mão de fortes cordoveias sobre a medonha cicatriz que lhe sulcava a calva.

— "Mandarim", meu amigo, não é uma palavra chinesa, e ninguém a entende na China. É o nome que no século XVI os navegadores do seu país, do seu belo país...

— Quando nós tínhamos navegadores... — murmurei, suspirando.

Ele suspirou também, por polidez, e continuou:

— Que os seus navegadores deram aos funcionários chineses. Vem do seu verbo, do seu lindo verbo...

— Quando tínhamos verbos... — rosnei, no hábito instintivo de deprimir a pátria.

Ele esgazeou um momento o seu olho redondo de velho mocho — e prosseguiu paciente e grave:

— Do seu lindo verbo "mandar"... Resta-lhe portanto "chá". É um vocábulo que tem um vasto papel na vida chinesa, mas julgo-o insuficiente para servir a todas as relações sociais. O meu estimável hóspede pretende esposar uma senhora da família Ti Chin-Fu, continuar a grossa influência que exercia o mandarim, substituir, doméstica e socialmente, esse chorado defunto... Para tudo isso dispõe da palavra "chá". É pouco.

Não pude negar — que era pouco. O venerando russo, franzindo o seu nariz aduncro de milhafre, pôs-me ainda outras objeções que eu via erguerem-se diante do meu desejo como as muralhas mesmas de Pequim: nenhuma senhora da família Ti Chin-Fu consentiria jamais em casar com um bárbaro; e seria impossível, terrivelmente impossível, que o imperador, o filho do sol, concedesse a um estrangeiro as honras privilegiadas de um mandarim...

— Mas por que mas recusaria? — exclamei. — Eu pertenço a uma boa família da província do Minho. Sou bacharel formado; portanto na China, como em Coimbra, sou um letrado! Já fiz parte de uma repartição pública... Possuo milhões... Tenho a experiência do estilo administrativo...

O general ia-se curvando com respeito a essa abundância dos meus atributos.

— Não é — disse ele enfim — que o imperador realmente o recusasse: é que o indivíduo que lho propusesse seria imediatamente decapitado. A lei chinesa, nesse ponto, é explícita e seca.

Baixei a cabeça, acabrunhado.

— Mas, general — murmurei —, eu quero livrar-me da presença odiosa do velho Ti Chin-Fu e do seu papagaio!... Se eu entregasse metade dos meus milhões ao tesouro chinês, já que não me é dado pessoalmente aplicá-los, como mandarim, à prosperidade do Estado...? Talvez Ti Chin-Fu se calmasse...

O general pousou-me paternalmente a vasta mão sobre o ombro:

— Erro, considerável erro, mancebo! Esses milhões nunca chegariam ao tesouro imperial. Ficariam nas algibeiras insondáveis das classes dirigentes: seriam dissipados em plantar jardins, colecionar porcelanas, tapetar de peles os soalhos, fornecer sedas às concubinas; não aliviariam a fome de um só chinês, nem repariam uma só pedra das estradas públicas... Iriam enriquecer a orgia asiática. A alma de Ti Chin-Fu deve conhecer bem o império: e isso não a satisfaria.

— E se eu empregasse parte da fortuna do velho malandro em fazer particularmente, como filantropo, largas distribuições de arroz à populaça faminta? É uma ideia...

— Funesta — disse o general, franzindo medonhamente o sobrolho. — A corte imperial veria aí imediatamente uma ambição política, o tortuoso plano de ganhar os favores da plebe, um perigo para a Dinastia... O meu bom amigo seria decapitado... É grave...

— Maldição! — berrei. — Então para que vim eu à China?

O diplomata encolheu vagarosamente os ombros; mas logo, mostrando num sorriso astuto os seus dentes amarelos de cossaco:

— Faça uma coisa. Procure a família de Ti Chin-Fu... Eu indagarei do primeiro-ministro, sua excelência o príncipe Tong, onde para essa prole interessante... Reuna-os, atire-lhes uma ou duas dúzias de milhões... Depois prepare ao defunto funerais régios. Funerais de alto cerimonial, com um préstito de uma légua, filas de bonzos, todo um mundo de estandartes, palanquins, lanças, plumas, andores escarlates, legiões de carpideiras ululando sinistramente, etc., etc. Se depois de tudo isso a sua consciência não adormecer e o fantasma insistir...

— Então?

— Corte as goelas.

— Obrigado, general.

Uma coisa porém era evidente, e nela concordaram Camilloff, o respeitoso Sá-Tó e a generala: que, para frequentar a família Ti Chin-Fu, seguir os funerais, misturar-me à vida de Pequim, eu devia desde já vestir-me como um chinês opulento, da classe letrada, para me ir habituando ao traje, às maneiras, ao cerimonial mandarim...

A minha face amarelada, o meu longo bigode pendente favoreciam a caracterização — e quando na manhã seguinte, depois de arranjado pelos costureiros engenhosos da rua Chá-Cua, entrei na sala forrada de seda escarlate, onde já rebrilhavam as porcelanas do almoço sobre a mesa de charão negro — a generala recuou como à aparição do próprio Tong-Tché, Filho do Céu!

Eu trazia uma túnica de brocado azul-escuro abotoada, ao lado, com o peitilho ricamente bordado de dragões e flores de ouro: por cima um casabeque de seda de um tom azul mais claro, curto, amplo e fofo: as calças de cetim cor de avelã descobriam ricas babuchas amarelas pospontadas a pérolas — e um pouco da meia picada de estrelinhas negras; e à cinta, numa linda faixa franjada de prata, tinha metido um leque de bambu, dos que têm o retrato do filósofo Lao-Tsé e são fabricados em Swaton.

E, pelas misteriosas correlações com que o vestuário influencia o caráter, eu sentia já em mim ideias, instintos chineses: o amor dos cerimoniais meticulosos, o respeito burocrático das fórmulas, uma ponta de ceticismo letrado; e também um abjeto terror do imperador, o ódio ao estrangeiro; o culto dos antepassados, o fanatismo da tradição, o gosto das coisas açucaradas...

Alma e ventre eram já totalmente um mandarim. Não disse à generala: "*Bonjour, madame*". Dobrado ao meio, fazendo girar os punhos fechados sobre a fronte abaixada, fiz gravemente o *chin-chin*!

— É adorável, é precioso! — dizia ela, com o seu lindo riso, batendo as mãozinhas pálidas.

Nessa manhã, em honra da minha nova encarnação, havia um almoço chinês. Que gentis guardanapos de papel de seda escarlate, com monstros fabulosos desenhados a negro! O serviço começou por ostras de Ning-Pó. Exímias! Absorvi duas dúzias com um intenso regalo chinês. Depois vieram deliciosas febras de barbatana de tubarão, olhos de carneiro com picado de alho, um prato de nenúfares em calda de açúcar, laranjas de Cantão, e enfim o arroz sacramental, o arroz dos avós...

Delicado repasto, regado largamente de excelente vinho de Chão-Chigne! E, por fim, com que gozo recebi a minha taça de água a ferver, onde deitei uma pitada de folhas de chá imperial, da primeira colheita de março, colheita única, que é celebrada com um rito santo pelas mãos puras de virgens!...

Duas cantadeiras entraram, enquanto nós fumávamos; e muito tempo, numa modulação gutural, disseram velhas cantigas dos tempos da dinastia Ming, ao som de guitarras recobertas de peles de serpente, que dois tártaros agachados repenicavam, numa cadência melancólica e bárbara. A China tem encantos de um raro gosto...

Depois a loura generala cantou-nos, com chiste, a "Femme à barbe": e quando o general saiu com a sua escolta cossaca para o *yamen* do príncipe Tong, a informar-se da residência da família Ti Chin-Fu — eu, repleto e bem disposto, saí com Sá-Tó a ver Pequim.

A habitação de Camilloff ficava na cidade tártara, nos bairros militares e nobres. Há aqui uma tranquilidade austera. As ruas assemelham-se a largos caminhos de aldeia sulcados pelas rodas dos carros; e quase sempre se caminha ao comprido de um muro, de onde saem ramos horizontais de sicômoros.

Por vezes uma carreta passa rapidamente, ao trote de um pônei mongol, com altas rodas cravejadas de pregos dourados; tudo nela oscila: o toldo, as cortinas pendentes de seda, os ramos de plumas aos ângulos; e dentro entrevê-se alguma linda dama chinesa, coberta de brocados claros, a cabeça toda cheia de flores, fazendo girar nos pulsos dois aros de prata, com um ar de tédio cerimonioso. Depois é alguma aristocrática cadeirinha de mandarim, que *coolies* vestidos de azul, de rabicho solto, vão levando a um trote arquejante para os *yamens* do Estado; precede-os uma criadagem maltrapilha, que ergue ao alto rolos de seda com inscrições bordadas, insígnias de autoridade; e dentro o personagem bojudo, com enormes óculos redondos, folheia a sua papelada ou dormita de beiço caído...

A cada momento parávamos a olhar as lojas ricas, com as suas tabuletas verticais de letras douradas sobre fundo escarlate: os fregueses, num silêncio de igreja, sutis como sombras, vão examinando as preciosidades — porcelanas da dinastia Ming, bronzes, esmaltes, marfins, sedas, armas marchetadas, os leques maravilhosos de Swaton; por vezes, uma fresca rapariga de olho oblíquo, túnica azul e papoulas de papel nas tranças, desdobra algum raro brocado diante de um grosso chinês, que o contempla beatamente, com os dedos cruzados na pança; ao fundo o mercador, aparatoso e imóvel, escreve com um pincel sobre longas tabuinhas de sândalo; e um perfume adocicado que sai das coisas perturba e entristece...

Eis aqui a muralha que cerca a cidade interdita, morada santa do imperador! Moços nobres vêm descendo do terraço de um templo onde se estiveram adestrando à frecha. Sá-Tó disse-me os seus nomes: eram da guarda seleta, que nas cerimônias escolta o guarda-sol de seda amarela, com o dragão bordado, que é o emblema sagrado do imperador. Todos eles cumprimentaram profundamente um velho que ia passando, de barbas venerandas, com o casabeque amarelo que é o privilégio do ancião; vinha falando só e trazia na mão uma vara sobre que pousavam cotovias domesticadas... Era um príncipe do império.

Estranhos bairros! Mas nada me divertia como ver a cada instante, a uma porta de jardim, dois mandarins pançudos que para entrar se trocavam indefinidamente salamalés, cortesias, recusas, risinhos agudos de etiqueta, todo um cerimonial dogmático — que lhes fazia oscilar de um modo picaresco, sobre as costas, as longas penas de pavão. Depois, se erguia os olhos para o ar, lá via sempre pairar enormes papagaios de papel, ora em forma de dragões, ora de cetáceos, ora de aves fabulosas — enchendo o espaço de uma inverosímil legião de monstros transparentes e ondeantes...

— Sá-Tó, basta de cidade tártara! Vamos ver os bairros chineses...

E lá fomos penetrando na cidade chinesa, pela porta monstruosa de Tchin-Men. Aqui habita a burguesia, o mercador, a populaça. As ruas alinham-se como uma pauta; e no solo vetusto e lamacento, feito da imundície de gerações recalcada desde séculos, ainda aqui e além jaz alguma das lajes de mármore cor-de-rosa que outrora o calçavam, no tempo da grandeza dos Ming.

Dos dois lados são — ora terrenos vagos onde uivam manadas de cães famintos, ora filas de casebres fuscos, ora pobres lojas com as suas tabuletas esguias e sarapintadas, balouçando-se de uma haste de ferro. A distância erguem-se os arcos triunfais feitos de barrotes cor de púrpura, ligados no alto por um telhado oblongo de telhas azuis envernizadas, que rebrilham como esmaltes. Uma multidão rumorosa e espessa, onde domina o tom pardo e azulado dos trajes, circula sem cessar; a poeira envolve tudo de uma névoa amarelada; um fedor acre exala-se dos enxurros negros; e a cada momento uma longa caravana de camelos fende lentamente a turba, conduzida por mongóis sombrios vestidos de pele de carneiro.

Fomos até as entradas das pontes sobre os canais, onde saltimbancos seminus, com máscaras simulando demônios pavorosos, fazem destrezas de um picaresco bárbaro e sutil; e muito tempo estive a admirar os astrólogos de longas túnicas, com dragões de papel colados às costas, vendendo ruidosamente horóscopos e consultas de astros. Oh cidade fabulosa e singular!

De repente ergue-se uma gritaria! Corremos: era um bando de presos, que um soldado, de grandes óculos, ia impelindo com o guarda-sol, amarrados uns aos outros pelo rabicho! Foi aí, nessa avenida, que eu vi o estrepitoso cortejo de um funeral de mandarim, todo ornado de auriflamas e de bandeirinhas; grupos de sujeitos fúnebres vinham queimando papéis em fogareiros portáteis; mulheres esfarrapadas uivavam de dor espojando-se sobre tapetes; depois erguiam-se, galhofavam, e um *cooly* vestido de luto branco servia-lhes logo chá, de um grande bule em forma de ave.

Ao passar junto ao Templo do Céu, vejo apinhada num largo uma legião de mendigos; tinham por vestuário um tijolo preso à cinta num cordel; as mulheres, com os cabelos entremeados de velhas flores de papel, roíam ossos tranquilamente; e cadáveres de crianças apodreciam ao lado, sob o voo dos moscardos. Adiante topamos com uma jaula de traves, onde um condenado estendia, através das grades, as mãos descarnadas, à esmola...

Depois Sá-Tó mostrou-me respeitosamente uma praça estreita: aí, sobre pilares de pedra, pousavam pequenas gaiolas contendo cabeças de decapitados; e gota a gota ia pingando delas um sangue espesso e negro...

— Ufa! — exclamei, fatigado e aturdido. — Sá-Tó, agora quero o repouso, o silêncio e um charuto caro...

Ele curvou-se: e, por uma escadaria de granito, levou-me às altas muralhas da cidade, formando uma esplanada que quatro carros de guerra a par podem percorrer durante léguas.

E enquanto Sá-Tó, sentado num vão da ameia, bocejava, num desafogo de cicerone enfastiado, eu, fumando, contemplei muito tempo aos meus pés a vasta Pequim...

É como uma formidável cidade da Bíblia, Babel ou Nínive, que o profeta Jonas levou três dias a atravessar. O grandioso muro quadrado limita os quatro pontos do horizonte, com as sua portas de torres monumentais, que o ar azulado, àquela distância, faz parecer transparentes. E na imensidão do seu recinto aglomeram-se confusamente verduras de bosques, lagos artificiais, canais cintilantes como aço, pontes de mármore, terrenos alastrados de ruínas, telhados envernizados reluzindo ao sol; por toda a parte são pagodes heráldicos, brancos terraços de templos, arcos triunfais, milhares de quiosques saindo dentre as folhagens dos jardins; depois espaços que parecem um montão de porcelanas, outros que se assemelham a monturos de lama; e sempre a intervalos regulares o olhar encontra algum dos bastiões, de um aspecto heroico e fabuloso...

A multidão, junto a essas edificações grandiosas, é apenas como grãos de areia negra que um vento brando vai trazendo e levando...

Aqui está o vasto palácio imperial, entre arvoredos misteriosos, com os seus telhados de um amarelo de ouro vivo! Como eu desejaria penetrar-lhe os segredos e ver desenrolar-se, pelas galerias sobrepostas, a magnificência bárbara dessas dinastias seculares!

Além ergue-se a torre do Templo do Céu, semelhando três guarda-sóis sobrepostos; depois a grande coluna dos Princípios, hierática e seca como o gênio mesmo da raça; e adiante branquejam, numa meia-tinta sobrenatural, os terraços de jaspe do Santuário da Purificação...

Então interrogo Sá-Tó: e o seu dedo respeitoso vai-me mostrando o Templo dos Antepassados, o Palácio da Soberana Concórdia, o Pavilhão das Flores das Letras, o Quiosque dos Historiadores, fazendo brilhar, entre os bosques sagrados que os cerca, os seus telhados lustrosos de faianças azuis, verdes, escarlates e cor de limão. Eu devorava, de olho ávido, esses monumentos da Antiguidade asiática, numa curiosidade de conhecer as impenetráveis classes que os habitam, o princípio das instituições, a significação dos cultos, o espírito das suas letras, a gramática, o dogma, a estranha vida interior de um cérebro de letrado chinês... Mas esse mundo é inviolável como um santuário...

Sentei-me na muralha, e os meus olhos perderam-se pela planície arenosa que se estira para além das portas até os contrafortes dos montes mongólicos; aí incessantemente redemoinham ondas infindáveis de poeira; a toda a hora negrejam filas vagarosas de caravanas... Então invadiu-me a alma uma melancolia, que o silêncio daquelas alturas, envolvendo Pequim, tornava de um vago mais desolado: era como uma saudade de mim mesmo, um longo pesar de me sentir ali isolado, absorvido naquele mundo duro e bárbaro; lembrei-me, com os olhos umedecidos, da minha aldeia do Minho, do seu adro assombreado de carvalheiras, a venda com um ramo de louro à porta, o alpendre do ferrador e os ribeiros tão frescos quando verdejam os linhos...

Aquela era a época em que as pombas emigram de Pequim para o sul. Eu via-as reunirem-se em bandos por cima de mim, partindo dos bosques dos templos e dos pavilhões imperiais; cada um traz, para a livrar dos milhafres, um leve tubo de bambu que o ar faz silvar; e aquelas nuvens brancas passavam como impelidas de uma aragem mole, deixando no silêncio um lento e melancólico suspiro, uma ondulação eólica, que se perdia nos ares pálidos...

Voltei para casa, pesado e pensativo...

Ao jantar, Camilloff, desdobrando o seu guardanapo, pediu-me com bonomia as minhas impressões de Pequim.

— Pequim faz-me sentir bem, general, os versos de um poeta nosso:

Sôbolos rios que vão
Por Babilônia me achei...

— Pequim é um monstro! — disse Camilloff oscilando refletidamente a calva. — E agora considere que a esta capital, à classe tártara e conquistadora que a possui, obedecem trezentos milhões de homens, uma raça sutil, laboriosa, sofredora, prolífica, invasora... Estudam as nossas ciências... Um cálice de Médoc, Teodoro?...

Têm uma marinha formidável! O exército, que outrora julgava destroçar o estrangeiro com dragões de papelão de onde saíam bichas de fogo, tem agora tática prussiana e espingarda de agulha! Grave!

— E todavia, general, no meu país, quando, a propósito de Macau, se fala do Império Celeste, os patriotas passam os dedos pela grenha e dizem negligentemente: Mandamos lá cinquenta homens, e varremos a China...

A essa sandice fez-se um silêncio. E o general, depois de tossir formidavelmente, murmurou com condescendência

— Portugal é um belo país...

Eu exclamei com secura e firmeza:

— É uma choldra, general.

A generala, colocando delicadamente à borda do prato uma asa de frango, e limpando o dedinho, disse:

— É o país da canção de Mignon. É lá que floresce a laranjeira...

O gordo Meriskoff, doutor alemão pela Universidade de Bonn, chanceler da legação, homem de poesia e de comentário, observou com respeito:

— Generala, o doce país de Mignon é a Itália: "Conheces tu a terra privilegiada onde a laranjeira dá flor?" O divino Goethe referia-se à Itália, Itália *mater*... A Itália será o eterno amor da humanidade sensível!

— Eu prefiro a França! — suspirou a esposa do primeiro-secretário, uma bonecazinha sardenta, de cabelo arruivascado.

— Ah, a França... — murmurou um adido, revirando um bugalho de olho terníssimo.

O gordo Meriskoff ajeitou os óculos de ouro:

— A França tem um mal, que é a questão social...

— Oh, a questão social! — rosnou sombriamente Camilloff.

— Ah, a questão social!... — considerou ponderosamente o adido.

E discreteando com tanta sapiência, chegamos por fim ao café.

Ao descer ao jardim, a generala, apoiando-se sentimentalmente ao meu braço, murmurou-me junto à face:

— Ai, quem me dera viver nesses países apaixonados onde verdejam os laranjais!...

— É lá que se ama, generala — segredei-lhe eu, levando-a docemente para a escuridão dos sicômoros...

V

Foi necessário todo um longo verão para descobrir a província onde residira o defunto Ti Chin-Fu!

Que episódio administrativo tão pitoresco, tão chinês! O serviçal Camilloff, que passava o dia inteiro a percorrer os *yamens* do Estado, teve de provar primeiro que o desejo de conhecer a morada de um velho mandarim não encobria uma conspiração contra a segurança do império; e depois foi-lhe ainda preciso jurar que não havia nessa curiosidade um atentado contra os ritos sagrados! Então, satisfeito, o príncipe Tong permitiu que se fizesse o inquérito imperial: centenares de escribas empalideceram noite e dia, de pincel na mão, desenhando relatórios sobre papel de arroz; misteriosas conferências sussurraram incessantemente por todas as repartições da cidade imperial, desde o Tribunal Astronômico até o Palácio da Bondade Preferida; e uma população de *coolies* transportava da legação russa para os quiosques da cidade Interdita, e daí para o Pátio dos Arquivos, padiolas estalando ao peso de maços de documentos vetustos...

Quando Camilloff perguntava *pelo resultado*, vinha-lhe a resposta satisfatória que se estavam consultando os Livros Santos de Lao-Tsé, ou que se iam explorar velhos textos do tempo de Nor Ha-Chu. E para calmar a impaciência bélica do russo, o príncipe Tong remetia, com esses recados sutis, algum substancial presente de confeitos recheados, ou de gomos de bambu em calda de açúcar...

Ora, enquanto o general trabalhava com fervor para encontrar a família Ti Chin-Fu, — eu ia tecendo horas de seda e ouro (assim diz um poeta japonês) aos pés pequeninos da generala...

Havia um quiosque no jardim sob os sicômoros que se denominava, à maneira chinesa, do Repouso Discreto: ao lado um arroio fresco ia cantando docemente sob uma pontezinha rústica pintada de cor-de-rosa. As paredes eram apenas um cadeado de bambu fino forrado de seda cor de ganga: o sol, passando através delas, fazia uma luz sobrenatural de opala desmaiada. Ao centro afofava-se um divã de seda branca, de uma poesia de nuvem matutina, atraente como um leito nupcial. Aos cantos, em ricas jarras transparentes da época de Yeng, erguiam-se, na sua gentileza aristocrática, lírios escarlates do Japão. Todo o soalho estava recoberto de esteiras finas de Nanquim; e junto à janela rendilhada, sobre um airoso pedestal de sândalo, pousava aberto ao alto um leque formado de lâminas de cristal separadas, que a aragem entrando fazia vibrar, numa modulação melancólica e terna.

As manhãs do fim de agosto em Pequim são muito suaves; já erra no ar um enternecimento outonal. A essa hora o conselheiro Meriskoff, os oficiais da legação, estavam sempre na chancelaria *fazendo a mala* para S. Petersburgo.

Eu então, de leque na mão, pisando sutilmente na ponta das babuchas de cetim as ruazinhas areadas do jardim, ia entreabrir a porta do Repouso Discreto:

— Mimi?

E a voz da generala respondia, suave como um beijo:

— All right...

Como ela era linda vestida de dama chinesa! Nos seus cabelos levantados alvejavam flores de pessegueiro; e as sobrancelhas pareciam mais puras e negras avivadas a tinta de Nanquim. A camisinha de gaze, bordada a *soutache* de filigrana de ouro, colava-se aos seus seios pequeninos e direitos: vastas, fofas calças de *foulard* cor de coxa de ninfa, que lhe davam uma graça de serralho, recaíam sobre o tornozelo fino, coberto de meia de seda amarela — e apenas três dedos da minha mão cabiam na sua chinelinha...

Chamava-se Vladimira; nascera ao pé de Nidji-Novgorod; e fora educada por uma tia velha que admirava Rousseau, lia Faublas, usava o cabelo empoado e parecia a grossa litografia cossaca de uma dama galante de Versalhes...

O sonho de Vladimira era habitar Paris; e, fazendo ferver delicadamente as folhas de chá, pedia-me histórias ladinas de cocotes e dizia-me o seu culto por De umas filho...

Eu arregaçava-lhe a larga manga do casabeque de seda cor de folha morta e ia fazendo viajar os meus lábios devotos pela pele fresca dos seus belos braços; e depois sobre o divã, enlaçados, peito contra peito, num êxtase mudo, sentíamos as lâminas de cristal ressoar eoliamente, as pegas azuis esvoaçarem pelos plátanos, o fugitivo ritmo do arroio corrente...

Os nossos olhos umedecidos encontravam às vezes um quadro de cetim preto, por cima do divã, onde em caracteres chineses se desenrolavam sentenças do Livro Sagrado de Li-Nun "sobre os deveres das esposas". Mas nenhum de nós percebia o chinês... E no silêncio os nossos beijos recomeçavam, espaçados, soando docemente e

comparáveis (na língua florida daqueles países) a pérolas que caem uma a uma sobre uma bacia de prata...
— Oh suaves sestas dos jardins de Pequim, onde estais vós? Onde estais, folhas mortas dos lírios escarlates do Japão?...

Uma manhã, Camilloff, entrando na chancelaria onde eu fumava o cachimbo da amizade de companhia com Meriskoff, atirou o seu enorme sabre para um canapé e contou-nos radiante as notícias que lhe dera o penetrante príncipe Tong. — Descobrira-se enfim que um opulento mandarim, de nome Ti Chin-Fu, vivera outrora nos confins da Mongólia, na vila de Tien-Hó! Tinha morrido subitamente: e a sua larga descendência residia lá, em miséria, num casebre vil...

Essa descoberta, é certo, não fora devida à sagacidade da burocracia imperial — mas fizera-a um astrólogo do templo de Faqua, que durante vinte noites folheara no céu o luminoso arquivo dos astros...

— Teodoro, há de ser o seu homem! — exclamou Camiloff.

E Meriskoff repetiu, sacudindo a cinza do cachimbo:

— Há de ser o seu homem, Teodoro!

— O meu homem... — murmurei sombriamente.

Era talvez o *meu homem*, sim! Mas não me seduzia ir procurar o meu homem ou a sua família, na monotonia de uma caravana, por essas desoladas extremidades da China!... Depois, desde que chegara a Pequim, eu não tornara a avistar a forma odiosa de Ti Chin-Fu e do seu papagaio. A Consciência era dentro em mim como uma pomba adormecida. Certamente o alto esforço de me ter arrancado às doçuras do bulevar e do Loreto, de ter sulcado os mares até o Império do Meio, parecera à Eterna Equidade uma expiação suficiente e uma peregrinação reparadora. Certamente, Ti Chin-Fu, acalmado, recolhera-se com o seu papagaio à sempiterna Imobilidade... Para que iria eu, pois, a Tien-Hó? Por que não ficaria ali, naquela amável Pequim, comendo nenúfares em calda de açúcar, abandonando-me às sonolências amorosas do Repouso Discreto e, pelas tardes azuladas, dando o meu passeio pelo braço do bom Meriskoff, nos terraços de jaspe da Purificação ou sob os cedros do Templo do Céu?...

Mas já o zeloso Camilloff, de lápis na mão, ia marcando no mapa o meu itinerário para Tien-Hó! E mostrando-me, num desagradável entrelaçamento, sombras de montes, linhas tortuosas de rios, esfumados do lagoas:

— Aqui está! O meu hóspede sobe até Ni Ku-Hé, na margem do Pei-Hó... Daí, em barcos chatos, vai a My--Yun. Boa cidade, há lá um Buda vivo... Daí, a cavalo, segue até a fortaleza de Ché-Hia. Passa a Grande Muralha, famoso espetáculo!... Descansa no forte de Ku Pi-Hó. Pode lá caçar a gazela: Soberbas gazelas... E com dois dias de caminhada está em Tien-Hó... Brilhante, hem?... Quando quer partir? Amanhã?...

— Amanhã — rosnei, tristonho.

Pobre generala! Nessa noite, enquanto Meriskoff, ao fundo da sala, fazia com três oficiais da embaixada o seu *whist* sacramental, e Camilloff, ao canto do sofá, de braços cruzados, solene como numa poltrona do Congresso de Viena, dormia de boca aberta — ela sentou-se ao piano. Eu ao lado, na atitude de um Lara, devastado pela fatalidade, retorcia lugubremente o bigode. E a doce criatura, entre dois gemidos do teclado, de uma saudade penetrante, cantou revirando para mim os seus olhos rebrilhantes e úmidos:

> *L'oiseau s'envole,*
> *Là bas, là bas!...*
> *L'oiseau s'envole...*
> *Ne reviente pas...*

— A ave há de voltar ao ninho — murmurei eu enternecido.

E, afastando-me a esconder uma lágrima, ia resmungando furioso:

— Canalha de Ti Chin-Fu! Por tua causa! Velho malandro! Velho garoto!..

Ao outro dia lá vou para Tien-Hó — com o respeitoso intérprete Sá-Tó, uma longa fila de carretas, dois cossacos, toda uma populaça de *coolies*.

Ao deixar a muralha da cidade tártara, seguimos muito tempo ao comprido dos jardins sagrados que orlam o templo de Confúcio.

Era no fim do outono; já as folhas tinham amarelecido; uma doçura tocante errava no ar...

Dos quiosques santos saía uma sussurração de cânticos, de nota monótona e triste. Pelos terraços, enormes serpentes, veneradas como deuses, iam-se arrastando, já entorpecidas da friagem. E aqui e além, ao passar, avistávamos budistas decrépitos, secos como pergaminhos e nodosos como raízes, encruzados no chão sob os sicômoros, numa imobilidade de ídolos, contemplando incessantemente o umbigo, à espera da perfeição do Nirvana...

E eu ia pensando, com uma tristeza tão pálida como aquele mesmo céu de outubro asiático, nas duas lágrimas redondinhas que vira brilhar, à despedida, nos olhos verdes da generala!...

VI

Já a tarde declinava, e o sol descia vermelho como um escudo de metal candente, quando chegamos a Tien-Hó.

As muralhas negras da vila erguem-se, do lado do sul, ao pé de uma torrente que ruge entre rochas: para o nascente, a planície lívida e poeirenta estende-se até um grupo escuro de colinas onde branqueja um vasto edifício — que é uma missão católica. E para além, para o extremo norte, são as eternas montanhas roxas da Mongólia, suspensas sempre no ar como nuvens.

Alojamo-nos num barracão fétido, intitulado Estalagem da Consolação Terrestre. Foi-me reservado o quarto nobre, que abria sobre uma galeria fixada em estacas; era ornado estranhamente de dragões de papel recortado, suspensos por cordéis do travejamento do teto; à menor aragem aquela legião de monstros fabulosos oscilava em cadência, com um rumor seco de folhagem, como tomada de vida sobrenatural e grotesca.

Antes que escurecesse fui ver com Sá-Tó a vila: mas bem depressa fugi ao fedor abominável das vielas: tudo se me afigurou ser negro — os casebres, o chão barrento, os enxurros, os cães famintos, a populaça abjeta... Recolhi ao albergue — onde arrieiros mongóis e crianças piolhosas me miravam com assombro.

— Toda esta gente me parece suspeita, Sá-Tó — disse eu, franzindo a testa.

— Tem vossa honra razão. É uma ralé! Mas não há perigo: eu matei, antes de partirmos, um galo negro, e a deusa Kaonine deve estar contente. Pode vossa honra dormir ao abrigo dos maus espíritos... Quer vossa honra o chá?...

— Traze, Sá-Tó.

Bebido o chá, conversamos do *grande plano:* na manhã seguinte eu ia levar a alegria à triste choupana da viúva de Ti Chin-Fu, anunciando-lhe os milhões que lhe dava, depositados já em Pequim; depois, de acordo com o mandarim governador, faríamos uma copiosa distribuição de arroz pela populaça; e à noite, iluminações, danças, como numa gala pública...

— Que te parece, Sá-Tó?

— Nos lábios de vossa honra habita a sabedoria de Confúcio... Vai ser grande! Vai ser grande!

Como vinha cansado, bem cedo comecei a bocejar, e estirei-me sobre o estrado de tijolo aquecido que serve de leito nas estalagens da China; enrolado na minha peliça, fiz o sinal da cruz e adormeci pensando nos braços brancos da generala, nos seus olhos verdes de sereia...

Era talvez já meia-noite quando despertei a um rumor lento e surdo que envolvia o barracão — como de forte vento num arvoredo, ou uma maresia grossa batendo um paredão. Pela galeria aberta, o luar entrava no quarto, um luar triste de outono asiático, dando aos dragões suspensos do teto formas, semelhanças quiméricas...

Ergui-me, já nervoso — quando um vulto, alto e inquieto, apareceu na faixa luminosa do luar...

— Sou eu, vossa honra! — murmurou a voz apavorada de Sá-Tó.

E logo, agachando-se ao pé de mim, contou-me num fluxo de palavras roucas a sua aflição: enquanto eu dormia, espalhara-se pela vila que um estrangeiro, o *Diabo estrangeiro*, chegara com bagagens carregadas de tesouros... Já desde o começo da noite ele tinha entrevisto faces agudas, de olho voraz, rondando o barracão, como chacais impacientes... E ordenara logo aos *coolies* que entrincheirassem a porta com os carros das bagagens, formados em semicírculo à velha maneira tártara... Mas pouco a pouco a malta crescera... Agora vinha de espreitar por um postigo; e era em roda da estalagem toda a populaça de Tien-Hó, rosnando sinistramente... A deusa Kaonine não se satisfizera com o sangue do galo preto!... Além disso, ele vira à porta de um pagode uma cabra negra recuar!... A noite seria de terrores!... E a sua pobre mulher, o osso do seu osso, que estava tão longe, em Pequim!...

— E agora, Sá-Tó? — perguntei eu.

— Agora... vossa honra! Agora...

Calou-se: e a sua magra figura tremia, acaçapada como um cão que se roja sob o açoite.

Eu afastei o cobarde e adiantei-me para a galeria. Em baixo, o muro fronteiro, coberto de um alpendre, projetava uma funda sombra. Aí com efeito estava uma turba negra apinhada. Às vezes uma figura, rastejando, adiantava-se no espaço alumiado, espreitava, farejava as carretas e, sentindo a lua sobre a face, recuava vivamente, fundindo-se na escuridão: e como o teto do alpendre era baixo, faiscava um momento à luz algum ferro de lança inclinada...

— Que querem vocês, canalha? — bradei eu em português.

A essa voz estrangeira um grunhido saiu da treva; imediatamente uma pedra veio ao meu lado furar o papel encerado da gelosia; depois uma flecha silvou, cravou-se por cima da minha cabeça, num barrote... Desci rapidamente à cozinha da estalagem. Os meus *coolies*, acocorados sobre os calcanhares, batiam o queixo num terror; e os dois cossacos que me acompanhavam, impassíveis à lareira, cachimbavam, com o sabre nu nos joelhos.

O velho estalajadeiro de óculos, uma avó andrajosa que eu vira no pátio deitando ao ar um papagaio de papel, os arrieiros mongóis, as crianças piolhosas, esses tinham desaparecido; só ficara um velho, bêbedo de ópio, caído a um canto como um fardo. Fora ouvia-se já a multidão vociferar.

Interpelei então Sá-Tó, que quase desmaiava, arrimado a uma viga: nós estávamos sem armas; os dois cossacos, sós, não podiam repelir o assalto; era necessário pois ir acordar o mandarim governador, revelar-lhe que eu era um amigo de Camilloff, um conviva do príncipe Tong, intimá-lo a que viesse dispersar a turba, manter a lei santa da hospitalidade!...

Mas Sá-Tó confessou-me, numa voz débil como um sopro, que o governador decerto é quem estava dirigindo o assalto! Desde as autoridades até os mendigos, a fama da minha riqueza, a legenda das carretas carregadas de ouro inflamara todos os apetites!... A prudência ordenava, como um mandamento santo, que abandonássemos parte dos tesouros, mulas, caixas de comestíveis...

— E ficar aqui, nesta aldeia maldita, sem camisas, sem dinheiro e sem mantimentos?...

— Mas com a rica vida, vossa honra.

Cedi. E ordenei a Sá-Tó que fosse propor à turba uma copiosa distribuição de sapecas — se ela consentisse em recolher aos seus casebres e respeitar em nós os hóspedes enviados por Buda...

Sá-Tó subiu à sacada da galeria, a tremer; e rompeu logo a arengar à malta, bracejando, atirando as palavras com a violência de um cão que ladra. Eu abrira já uma maleta e ia-lhe passando cartuchos, sacos de sapecas — que ele arremessava aos punhados com um gesto de semeador... Em baixo havia por momentos um tumulto furioso ao chover dos metais; depois um lento suspiro de gula satisfeita; e logo um silêncio, numa suspensão de quem espera mais...

— Mais! — murmurava Sá-Tó, voltando-se para mim ansioso.

Eu, indignado, lá lhe dava outros cartuchos, mais rolos, molhos de moedas de meio real enfiadas em cordéis... Já a maleta estava vazia. A turba rugia, insaciada.

Mais, vossa honra! — suplicou Sá-Tó.

Não tenho mais, criatura! O resto está em Pequim!

Oh Buda santo! Perdidos! Perdidos! — clamou Sá-Tó, abatendo-se sobre os joelhos.

A populaça, calada, esperava ainda. De repente, uma ululação selvagem rasgou o ar. E eu senti aquela massa ávida arremessar-se sobre as carretas que defendiam a porta em semicírculo: ao choque todo o madeiramento da Estalagem da Consolação Terrestre rangeu e oscilou...

Corri à varanda. Em baixo era um tropel desesperado em torno das carros derrubados: os machados reluziam caindo sobre a tampa dos caixotes; o couro das malas abria-se fendido à faca por mãos inumeráveis; no alpendre, os cossacos debatiam-se, aos urros, sob o cutelo. Apesar da lua, eu via em roda do barracão errarem tochas, numa dispersão de fagulhas: um alarido rouco elevava-se, fazendo ao longe uivar os cães; e de todas as vielas desembocava, corria populaça, sombras ligeiras, agitando chuços e foices recurvas...

Subitamente, na loja térrea, ouvi, o tumulto da turba que a invadia pelas portas despedaçadas: decerto me procuravam, supondo que eu teria comigo o melhor do tesouro, pedras preciosas ou ouros... O terror desvairou-me. Corri a uma grade de bambus para o lado do pátio. Demoli-a, saltei sobre uma camada de mato grosso, num cheiro acre de imundícies. O meu pônei, preso a uma trave, relinchava, puxando furiosamente o cabresto: arremessei-me sobre ele, empolguei-lhe as crinas...

Nesse momento, do portão da cozinha arrombada rompia uma horda com lanternas, lanças, num clamor de delírio. O pônei, espantado, salta um regueiro; uma flecha silva a meu lado; depois um tijolo bate-me no ombro, outro nos rins, outro na anca do pônei, outro mais grosso rasga-me a orelha! Agarrado desesperadamente às crinas, arquejando, com a língua de fora, o sangue a gotejar da orelha, vou despedido numa desfilada furiosa ao longo de uma rua negra... De repente vejo diante de mim a muralha, um bastião, a porta da vila, fechada!

Então, alucinado, sentindo atrás rugir a turba, abandonado de todo o socorro humano — *precisei de Deus!* Acreditei Nele, gritei-lhe que me salvasse; e o meu espírito ia tumultuosamente — arrebatando, para lhe oferecer, fragmentos de orações, de salve-rainhas, que ainda me jaziam no fundo da, memória... Voltei-me sobre a anca do potro: de uma esquina ao longe surgiu um fogacho de tochas — era a corja!... Larguei de golpe ao comprido da alta muralha que corria ao meu lado como uma vasta fita negra furiosamente desenrolada: de súbito avisto uma brecha, um boqueirão eriçado de esgalhos de sarças, e fora a planície que sob a lua parecia como uma vasta água dormente! Lancei-me para lá, desesperadamente, sacudido aos galões do potro... E muito tempo galopei no descampado.

De repente o pônei, eu, rolamos com um baque surdo. Era uma lagoa. Entrou-me pela boca água pútrida, e os pés enlaçaram-se-me nas raízes moles dos nenúfares... Quando me ergui, me firmei no solo — vi o pônei, correndo, muito longe, como uma sombra, com os estribos ao vento...

Então comecei a caminhar por aquela solidão, enterrando-me nas terras lodosas, cortando através do mato espinhoso. O sangue da orelha ia-me pingando sobre o ombro; à frialdade agreste, o fato encharcado regelava-me sobre a pele; e por vezes, na sombra, parecia-me ver luzir olhos de feras.

Enfim, encontrei um recinto de pedras soltas onde jazia, sob um arbusto negro, um daqueles montões de esquifes amarelos que os chineses abandonam nos campos e onde apodrecem corpos. Abati-me sobre um caixão, prostrado; mas um cheiro abominável pesava no ar; e ao apoiar-me sentia o viscoso de um líquido que escorria pelas fendas das tábuas... Quis fugir. Mas os joelhos negavam-se, tremiam-me; e árvores, rochas, ervas altas, todo o horizonte começou a girar em torno de mim como um disco muito rápido. Faíscas sanguíneas vibravam-me diante dos olhos; e senti-me como caindo de muito alto, devagar, à maneira de uma pena que desce...

Quando recuperei a consciência estava estirado num banco de pedra, no pátio de um vasto edifício semelhante a um convento, que um alto silêncio envolvia.

Dois padres lazaristas lavavam-me devagar a orelha. Um ar fresco circulava; a roldana de um poço rangia lentamente; um sino tocava a matinas. Ergui os olhos, avistei uma fachada branca com janelinhas gradeadas e uma, cruz no topo: então, vendo naquela paz de claustro católico como um recanto da pátria recuperada, o abrigo e a consolação, rolaram-me das pálpebras duas lágrimas mudas.

VII

De madrugada, dois padres lazaristas, dirigindo-se a Tien-Hó, tinham-me encontrado desmaiado no caminho. E, como disse o alegre padre Loriot, "era já tempo"; porque em redor do meu corpo imóvel, um negro semicírculo desses grossos e soturnos corvos da Tartária já me estava contemplando com gula...

Trouxeram-me sem demora para o convento numa padiola — e grande foi o regozijo da comunidade quando soube que eu era um latino, um cristão e um súdito dos Reis Fidelíssimos. O convento forma ali o centro de um pequeno burgo católico, apinhado em torno da maciça residência como uma casaria de servos à base de um castelo feudal. Existe desde os primeiros missionários que percorreram a Manchúria. Porque nós estamos aqui nos confins da China: para além já é a Mongólia, a terra das ervas, imenso prado verde-escuro, lezírias sem fim, colorido aqui e além do vivo das flores silvestres...

Aí jaz a vasta planície dos nômades. Da minha janela eu via negrejar os círculos de tendas cobertas de feltro, ou de peles de carneiro; e por vezes assistia à partida de uma tribo, em filas de longas caravanas, levando os seus rebanhos para o oeste...

O superior lazarista era o excelente padre Giulio. A longa permanência entre as raças amarelas tornara-o quase um chinês: quando eu o encontrava no claustro com a sua túnica roxa, o rabicho longo, a barba venerável, agitando devagar um enorme leque — parecia-me algum sábio letrado mandarim comentando mentalmente, na paz de um templo, o Livro Sacro de Chu. Era um santo:

mas o cheiro de alho que exalava — afastaria as almas mais doloridas e precisadas de consolação.

Conservo suave a memória dos dias ali passados! O meu quarto, caiado de branco, com uma cruz negra, tinha um recolhimento de cela. Acordava sempre ao toque de matinas. Em respeito aos velhos missionários, vinha ouvir a missa à capela: e enternecia-me, ali, tão longe da pátria católica, naquelas terras mongólicas, ver à clara luz da manhã a casula do padre, com a sua cruz bordada, curvando-se diante do altar, e sentir ciciar no fresco silêncio — os *Dominus vobiscum* e os *Cum spiritu tuo*...

De tarde ia à escola, admirar os pequenos chineses declinando *Hora, Horae*... E depois do refeitório, passeando no claustro, escutava histórias de longínquas missões de viagens apostólicas ao país das ervagens, as prisões suportadas, as marchas, os perigos, as crônicas heroicas da fé...

Eu por mim não contei no convento as minhas aventuras fantásticas: dei-me como um *touriste* curioso, tomando apontamentos pelo universo. E esperando que a minha orelha cicatrizasse, abandonava-me, numa lassidão de alma, àquela paz de mosteiro...

Mas estava decidido a deixar bem depressa a China, esse império bárbaro que eu odiava agora prodigiosamente!

Quando me punha a pensar que viera desde os confins do Ocidente para trazer a uma província chinesa a abundância dos meus milhões e que apenas lá chegara fora logo saqueado, apedrejado, frechado — enchia-me um rancor surdo, gastava horas agitando-me pelo quarto, a revolver coisas feras que tentaria para me vingar do Império do Meio!

Retirar-me com os meus milhões era a desforra mais prática, mais fácil! Demais, a minha ideia de ressuscitar artificialmente, para bem da China, a personalidade de Ti Chin-Fu, parecia-me agora absurda, de uma insensatez de sonho. Eu não compreendia a língua, nem os costumes, nem os ritos, nem as leis, nem os sábios daquela raça: que vinha pois fazer ali senão expor-me, pelo aparato da minha riqueza, aos assaltos de um povo que há quarenta e quatro séculos é pirata nos mares e traz as terras varridas de rapina?...

Além disso, Ti Chin-Fu e o seu papagaio continuavam invisíveis, remontados decerto ao céu chinês dos avós: e já o aplacamento do remorso visível diminuíra em mim singularmente o desejo da expiação.

Sem dúvida o velho letrado estava fatigado de deixar essas regiões inefáveis para se vir estirar pelos meus móveis. Vira os meus esforços, o meu desejo de ser útil à sua prole, à sua província, à sua raça — e, satisfeito, acomodara-se regaladamente para a sua sesta eterna. Eu nunca mais avistaria a sua pança amarela!...

E então mordia-me o apetite de me achar já tranquilo e livre, no pacífico gozo do meu ouro, ao Loreto ou no bulevar, sorvendo o mel às flores da civilização...

Mas a viúva de Ti Chin-Fu, as mimosas senhoras da sua descendência, os netos pequeninos?... Iria eu deixá-los barbaramente, na fome e no frio, pelas vielas negras de Tien-Hó? Não. Esses não eram culpados das pedradas que me atirara a populaça. E eu, cristão, asilado num convento cristão, tendo à cabeceira da cama o Evangelho, cercado de existências que eram encarnações de caridade — não podia partir do império sem restituir àqueles que despojara a abundância, esse conforto honesto que recomenda o Clássico da Piedade Filial...

Então escrevi a Camilloff. Contava-lhe a minha abjeta fuga, sob as pedras da turba chinesa; o abrigo cristão que me dera a missão; o vivaz desejo de partir do Império do Meio. Pedia-lhe que remetesse ele à viúva de Ti Chin-Fu os milhões depositados por mim em casa do mercador Tsing-Fó, na avenida de Chá-Cua, ao lado do arco triunfal de Tong, junto ao templo da deusa Kaonine.

O alegre padre Loriot, que ia a Pequim em missão, levou essa carta, que eu lacrara com o selo do convento — uma cruz saindo de um coração em chamas...

Os dias passaram. As primeiras neves alvejaram nas montanhas setentrionais da Manchúria: e eu ocupava-me a caçar a gazela pela terra das ervas... Horas enérgicas e fortemente vividas, as dessas manhãs, quando eu largava à desfilada, no grande ar agreste da planície, entre os monteadores mongólicos que, com um grito ululado e vibrante, batiam o matagal à lançada! Por vezes, uma gazela saltava; e, de orelha baixa, estirada e fina, partia no fio do vento... Soltávamos o falcão, que voava sobre ela, de asa serena, dando-lhe a espaços regulares, com toda a força do bico recurvo, uma picada viva no crânio. E íamo-la abater, por fim, à beira de alguma água morta, coberta de nenúfares... Então os cães negros da Tartária amontoavam-se-lhe sobre o ventre e, com as patas no sangue, iam-lhe, a ponta de dente, desfiando devagar as entranhas...

Uma manhã o leigo da portaria avistou enfim o alegre padre Loriot, galgando à lufa-lufa pelo caminho íngreme do burgo, de volta de Pequim, com a sua mochila ao ombro e uma criancinha nos braços: tinha-a encontrado abandonada, nuazinha, morrendo à beira de um caminho; batizara-a logo num regato com o nome de Bem-Achado; e ali a trazia, todo enternecido, arquejando de tanto que estugara o passo, para dar depressa à criaturinha esfomeada o bom leite da cabra do convento...

Depois de abraçar os religiosos, de enxugar as grossas bagas de suor, tirou da algibeira dos calções um envelope com o selo da águia russa:

— É isto que manda o papá Camilloff, amigo Teodoro. Ficou ótimo. E a senhor a também... Tudo rijo.

Corri a um recanto do claustro a ler as duas folhas de prosa. Meu bom Camilloff, de calva severa e olho de mocho! Como ele aliava tão originalmente ao senso fino de um hábil de chancelaria as caturrices pica roscas de diplomata bufo! A carta dizia assim:

"Amigo, hóspede e caríssimo Teodoro:

"Às primeiras linhas da sua carta ficamos consternados! Mas logo as seguintes nos deram um grato alívio, por nos certificar que estava com esses santos padres da missão cristã... Eu partia para o *yamen* imperial a fazer uma severa reclamação ao príncipe Tong, sobre o escândalo de Tien-Hó. Sua excelência mostrou um júbilo desordenado! Porque, se lamenta, como particular a ofensa, o roubo e as pedradas que o meu hóspede sofreu, como ministro do império vê aí a doce oportunidade de extorquir à vila de Tien-Hó, em multa, em castigo da injúria feita a um estrangeiro, a vantajosa soma de trezentos mil francos, ou, segundo os cálculos do nosso sagaz Meriskoff, cinquenta e quatro contos de réis na moeda do seu belo país! É, como disse Meriskoff, um excelente resultado para o erário imperial, e fica assim a sua orelha copiosamente vingada... Aqui começam a picar os primeiros frios, e já estamos usando peles. O bom Meriskoff lá vai sofrendo do fígado, mas a dor não lhe altera o critério filosófico nem a sábia verbosidade... Tivemos um grande desgosto: o lindo cãozinho da boa madame Tagarieff, a esposa do nosso amado secretário, o adorável Tu-tu, desapareceu na manhã de 15... Fiz, na polícia, instâncias urgentes: mas o Tu-tu não nos foi restituído — e o sentimento é tanto maior, quanto é sabido que a populaça de Pequim aprecia extremamente esses cãezinhos, guisados em calda de açúcar... Deu-se aqui um fato abominável e de consequências funestas: a ministra da França, essa petulante madame Grijon, esse "galho seco" (como diz o nosso Meriskoff), no último jantar da legação, deu, em desprezo de todas as regras internacionais, o braço, o seu descarnado braço, e a sua direita à mesa a um simples adido inglês, Lord Gordon! Que me diz a isso? É crível? É racional? É destruir a ordem social! O braço, a. direita, a um adido, um escocês cor de tijolo, de vidro entalado no olho, quando havia presentes todos os embaixadores, os ministros, e eu! Isso tem causado, no corpo diplomático, uma sensação inenarrável... Esperamos instruções dos nossos governos. Como diz Meriskoff, oscilando tristemente a cabeça — é grave... é muito grave! — O que prova (e ninguém o duvida) que Lord Gordon é o benjamim do "galho seco". Que podridão! Que lodo!... A generala não tem passado bem desde a sua partida para a malfadada Tien-Hó; o doutor Pagloff não lhe percebe o mal; é uma languidez, um murchar, uma saudosa indolência que a conserva horas e horas imóvel sobre o sofá, no Pavilhão do Repouso Discreto, com o olhar vago e o lábio cheio de suspiros... Eu não me iludo, sei perfeitamente o que a mina: é a desgraçada doença de bexiga, que lhe veio das más águas, quando estivemos na legação de Madri... Seja feita a vontade do Senhor!... Ela pede-me para lhe mandar *un petit bonjour*, e deseja que o meu hóspede apenas chegue a Paris, se for a Paris, lhe remeta pela mala da Embaixada para S. Petersburgo (daí virá a Pequim), duas dúzias de luvas de doze botões, número cinco e três quartos, da marca Sol, dos armazéns do Louvre; assim como os últimos romances de Zola, *Mademoiselle de Maupin*, de Gautier, e uma caixa de frascos de Opoponax. Esquecia-me dizer-lhe que mudamos de padeiro fornecemo-nos agora na padaria da Embaixada inglesa; deixamos a da Embaixada francesa, para não ter comunicações com o "galho seco". Aí estão os inconvenientes de não termos aqui na Embaixada russa uma padaria — apesar de tantos relatórios, tantas reclamações que, sobre esse ponto, tenho feito para a chancelaria de S. Petersburgo! Eles sabem bem que em Pequim não há padarias, que cada legação tem a sua própria, como um elemento de instalação e de influência. Mas quê! Na corte imperial desatendem-se os mais sérios interesses da civilização russa!... Creio que é tudo o que há de novo em Pequim e nas legações. Meriskoff recomenda-se, e todos desta Embaixada; e também o condezinho Artur, o Zizi da legação espanhola, o Focinho Caído e o Lulu; enfim todos; eu mais que ninguém, que me assino com saudade e afeição

General Camilloff."

"P. S.: Quanto à viúva e família de Ti Chin-Fu, houve um engano: o astrólogo do templo de Faqua equivocou-se na interpretação sideral; não é realmente em Tien-Hó que reside essa família... É ao sul da China, na província de Cantão. Mas também há uma família Ti Chin-Fu para além da Grande Muralha, quase na fronteira russa, no distrito de Kao-Li. A ambas morreu o chefe, a ambas assaltou a pobreza... Portanto, esperando novas ordens, não levantei os dinheiros da casa de Tsing-Fó. Essa recente informação mandou-ma hoje sua excelência o príncipe Tong, com uma deliciosa compota de calombro... Devo anunciar-lhe que o nosso bom Sá-Tó aqui apareceu, de volta de Tien-Hó, com um beiço rachado e leves contusões no ombro, tendo apenas salvado da bagagem saqueada uma litografia de Nossa Senhora das Dores, que, pela inscrição a tinta, vejo que pertencera a sua respeitável mamã... Os meus valentes cossacos, esses, lá ficaram numa poça de sangue. Sua excelência o príncipe Tong condescende em mos pagar a dez mil francos cada um, das somas extorquidas à vila de Tien-Hó... Sá-Tó diz-me que se o meu hóspede, como é natural, recomeçar as suas viagens através do império em busca dos Ti Chin-Fu, — ele considerar-se-ia honrado e venturoso em o acompanhar, com uma fidelidade canina e uma docilidade cossaca...

Camilloff."

— Não! Nunca! — rugi com furor, amarrotando a carta, monologando a largas passadas pelo melancólico claustro. — Não, por Deus ou pelo Demônio! Ir de novo bater as estradas da China? Jamais! Oh sorte grotesca e desastrosa ! Deixo os meus regalos ao Loreto, o meu ninho amoroso de Paris, venho rolado pela vaga enjoadora de Marselha a Xangai, sofro as pulgas das bateiras chinesas, o fedor das vielas a poeirada dos caminhos áridos — e para quê? Tinha um plano, que se erguia até os céus, grandioso e ornamentado como um troféu: por sobre ele cintilavam, de alto a baixo, toda a sorte de ações boas; e eis que o vejo tombar ao chão, peça a peça, numa ruína! Queria dar o meu nome, os meus milhões e metade do meu leito de ouro a uma senhora Ti Chin-Fu — e não mo permitem os prejuízos sociais de uma raça bárbara! Pretendo, com o botão de cristal de mandarim, remodelar os destinos da China, trazer-lhe a prosperidade civil — e veda-mo a lei imperial! Aspiro a derramar uma esmola sem fim por essa populaça faminta — e corro o perigo ingrato de ser decapitado como instigador de rebeliões! Venho enriquecer uma vila — e a turba tumultuosa apedreja-me! Ia enfim dar a abundância, o conforto que louva Confúcio, à família Ti Chin-Fu — e essa família some-se, evapora-se como um fumo, e outras famílias Ti Chin-Fu surgem, aqui e além, vagamente, ao sul, a oeste, como clarões enganadores... E havia de ir a Cantão, a Kao-Li, expor a outra orelha a tijolos brutais, fugir ainda pelos descampados, agarrado às crinas de um potro? Jamais!

Parei; e de braços erguidos, falando às arcadas do claustro, às árvores, ao ar silencioso e fino que me envolvia:

— Ti Chin-Fu! — bradei. — Ti Chin-Fu! Para te aplacar, fiz o que era racional, generoso e lógico! Estás enfim satisfeito, letrado venerável, tu, o teu gentil papagaio, a tua pança oficial? Fala-me! Fala-me!...

Escutei, olhei: a roldana do poço, àquela hora do meio-dia, rangia devagar, no pátio; sob as amoreiras, ao longo da arcaria do claustro, secavam em papel de seda as folhas de chá da colheita de outubro da porta meio cerrada da aula vinha um sussurro lento de declinações latinas; era uma paz severa, feita da simplicidade das ocupações, da honestidade dos estudos, do ar pastoril daquela colina, onde dormia, sob um sol branco de inverno, o burgo religioso... E com aquela serenidade ambiente, pareceu-me receber na alma, de repente, uma pacificação absoluta!

Acendi com os dedos ainda trêmulos um charuto e disse, limpando na testa uma baga de suor esta palavra, resumo de um destino:

— Bem, Ti Chin-Fu está contente.

Fui logo à cela do excelente padre Giulio. Ele lia o seu breviário à janela, debicando confeitos de açúcar, com o gato do convento no colo.

— Reverendíssimo, volto à Europa... Algum dos nossos bons padres vai por acaso em missão, para os lados de Xangai?

O venerável superior pôs os seus óculos redondos; e folheando com unção um vasto registro em letra chinesa, ia assim murmurando:

— Quinto dia da décima lua... Sim, há o padre Anacleto para Tien-Tsin, para a novena dos Irmãos da Santa Creche. Duodécima lua, o padre Sanchez para Tien-Tsin também, para a obra do catecismo aos órfãos... Sim, caro hóspede, tem companheiros para leste...

— Amanhã?

— Amanhã. É dolorosa a separação nestes confins do mundo, quando as almas se compreendem bem em

Jesus... O nosso padre Gutierrez que lhe faça um bom farnel... Nós já o amávamos como irmão, Teodoro... Coma um confeito, são deliciosos... As coisas estão em feliz repouso quando se acham no seu lugar e elemento natural: o lugar do coração do homem é o coração de Deus; e o seu está nesse asilo seguro... Coma um confeito... Que é isso, meu filho, que é isso?

Eu estava colocando sobre o seu breviário aberto, numa página do Evangelho de Pobreza, um rolo de notas do Banco da Inglaterra; e balbuciei:

— Meu reverendíssimo, para os seus pobres...

— Excelente, excelente... O nosso bom Gutierrez que lhe faça um farnel copioso... Amem, meu filho... *In Deo omnia spes!*...

Ao outro dia, entre o padre Anacleto e o padre Sanchez, montado na mula branca do convento, desci o burgo, ao repique dos sinos. E aí vamos para Hiang-Hiam, vila negra e murada, onde atracam os barcos que descem a Tien-Tsin. Já as terras ao longo do Pei-Hó estavam todas brancas de neve; nas enseadas baixas já a água ia gelando; e embrulhadas em peles de carneiro, em roda do fogareiro, à popa do barco, os bons padres e eu íamos conversando de trabalhos de missionários, de coisas da China, por vezes dos interesses do céu — passando em redor sem cessar o grosso frasco da genebra...

Em Tien-Tsin separei-me daqueles santos camaradas. E daí a duas semanas, por um meio-dia de sol tépido, passeava, fumando o meu charuto e olhando a azáfama dos cais de Hong Kong, no tombadilho do Java, que ia levantar ferro para a Europa.

Foi um momento comovente para mim, aquele em que vi, às primeiras voltas da hélice, afastar-se a terra da China.

Desde que acordara, nessa manhã, uma inquietação surda recomeçava a pesar-me na alma. Agora, punha-me a pensar que viera àquele vasto império para acalmar pela expiação um protesto temeroso da Consciência: e por fim, impelido por uma impaciência nervosa, aí partia, sem ter feito mais que desonrar os bigodes brancos de um general heroico, e ter recebido pedradas pela orelha numa vila dos confins da Mongólia.

Estranho destino, o meu!...

Até o anoitecer estive encostado sombriamente à borda do paquete, vendo o mar liso, como uma vasta peça de seda azul, dobrar-se aos lados em duas pregas moles; pouco a pouco grandes estrelas palpitaram na concavidade negra, e a hélice na sombra ia trabalhando em ritmo. Então, tomado de uma fadiga mole, fui errando pelo paquete, olhando, aqui e além, a bússola alumiada; os montões de cabrestantes; as peças da máquina, numa claridade ardente, batendo em cadência; as fagulhas que fugiam do cano, num rolo de fumaraça negra; os marinheiros de barba ruiva, imóveis, à roda do leme; e as formas dos pilotos, sobre o pontal, altas e vagas na noite. Na cabine do capitão, um inglês de capacete de cortiça, cercado de damas que bebiam conhaque, ia tocando melancolicamente na flauta a ária de Bonnie Dundee...

Eram onze horas quando desci ao meu beliche. As luzes já estavam apagadas; mas a lua que se erguia ao nível da água, redonda e branca, batia o vidro da cabine com um raio de claridade; e então, a essa meia-tinta pálida, lá vi, estirada sobre a maca, a figura pançuda, vestida de seda amarela, com o seu papagaio nos braços!

Era *ele*, outra vez!

E foi *ele*, perpetuamente! Foi ele em Singapura e em Ceilão. Foi ele erguendo-se dos areais do deserto ao passarmos no canal de Suez; adiantando-se à proa de um barco de provisões quando paramos em Malta; resvalando sobre as rosadas montanhas da Sicília; emergindo dos nevoeiros que cercam o morro de Gibraltar! Quando desembarquei em Lisboa, no Cais das Colunas, a sua figura bojuda enchia todo o arco da rua Augusta; o seu olho oblíquo fixava-me — e os dois olhos pintados do seu papagaio pareciam fixar-me também...

VIII

Então, certo que não poderia jamais aplacar Ti Chin-Fu, toda essa noite no meu quarto ao Loreto, onde como outrora, as velas inumeráveis das serpentinas davam nos damascos tons de sangue fresco, meditei sacudir de mim, como um adorno de pecado, esses milhões sobrenaturais. E assim me libertaria talvez daquela pança e daquele papagaio abominável!

Abandonei o palacete ao Loreto, a existência de nababo. Fui, com uma quinzena coçada, realugar o meu quarto na casa da madame Marques: e voltei à repartição, de espinhaço curvo, a implorar os meus vinte mil-réis mensais e a minha doce pena de amanuense!...

Mas um sofrimento maior veio amargurar os meus dias. Julgando-me arruinado — todos aqueles que a minha opulência humilhara, cobriram-me de ofensas, como se alastra de lixo uma estátua derrubada de príncipe decaído. Os jornais, num triunfo de ironia, achincalharam a minha miséria. A aristocracia, que balbuciara adulações aos pés do nababo, ordenava agora aos seus cocheiros que atropelassem nas ruas o corpo encolhido do plumitivo de secretaria. O clero, que eu enriquecera, acusava-me de feiticeiro; o povo atirou-me pedras; e a madame Marques, quando eu me queixava humildemente da dureza granítica dos bifes — plantava as duas mãos à cinta e gritava:

— Ora o enguiço! Então que quer você mais? Aguente! Olha o pelintra!...

E apesar dessa expiação, o velho Ti Chin-Fu lá estava sempre à minha ilharga, obeso e cor de oca — porque os seus milhões, que jaziam agora estéreis e intactos nos bancos, ainda de fato eram meus! Desgraçadamente meus!

Então, indignado, um dia subitamente reentrei com estrondo no meu palacete e no meu luxo. Nessa noite, de novo o resplendor das minhas janelas alumiou o Loreto: e pelo portão aberto, viram-se como outrora negrejar, nas suas fardas de seda negra, as longas filas de lacaios decorativos.

Logo, Lisboa, sem hesitar, se rojou aos meus pés. A madame Marques chamou-me, chorando, filho do seu coração. Os jornais deram-me os qualificativos que, de antiga tradição, pertencem à Divindade: fui o Onipotente, fui o Onisciente! A aristocracia beijou-me os dedos como a um tirano; e o clero incensou-me como a um ídolo. E o meu desprezo pela humanidade foi tão largo — que se estendeu ao Deus que a criou.

Desde então uma saciedade enervante mantém-me semanas inteiras num sofá mudo e soturno, pensando na felicidade do não ser...

Uma noite, recolhendo só por uma rua deserta, vi diante de mim o Personagem vestido de preto com o guarda-chuva debaixo do braço, o mesmo que no meu quarto feliz da travessa da Conceição me fizera, a um ti-li-tim de campainha, herdar tantos milhões detestáveis. Corri para ele, agarrei-me às abas da sua sobrecasaca burguesa, bradei:

— Livra-me das minhas riquezas! Ressuscita o mandarim! Restitui-me a paz da miséria!

Ele passou gravemente o seu guarda-chuva para debaixo do outro braço e respondeu com bondade:

— Não pode ser, meu prezado senhor, não pode ser...

Eu atirei-me aos seus pés numa suplicação abjeta: mas só vi diante de mim, sob uma luz mortiça de gás, a forma magra de um cão farejando o lixo.

Nunca mais encontrei esse indivíduo. E agora o mundo parece-me um imenso montão de ruínas onde a minha alma solitária, como um exilado que erra por entre colunas tombadas, geme, sem descontinuar...

As flores dos meus aposentos murcham e ninguém as renova: toda a luz me parece uma tocha; e quando as minhas amantes vêm, na brancura dos seus penteadores, encostar-se ao meu leito, eu choro — como se avistasse a legião amortalhada das minhas alegrias defuntas...

Sinto-me morrer. Tenho o meu testamento feito. Nele lego os meus milhões ao Demônio; pertencem-lhe; ele que os reclame e que os reparta...

E a vós, homens, lego-vos apenas, sem comentários, estas palavras: "Só sabe bem o pão que dia a dia ganham as nossas mãos: nunca mates o mandarim!".

E todavia, ao expirar, consola-me prodigiosamente esta ideia: que do norte ao sul e do oeste a leste, desde a Grande Muralha da Tartária até as ondas do mar Amarelo, em todo o vasto Império da China, nenhum mandarim ficaria vivo, se tu, tão facilmente como eu, o pudesses suprimir e herdar-lhe os milhões, ó leitor, criatura improvisada por Deus, obra má de má argila, meu semelhante e meu irmão!

                                         Angers — junho de 1880.

Apêndice

Contextualização da obra

Realismo — Naturalismo

Cristina Garófalo Porini[*]

Na segunda metade do século XIX, a Europa é palco para grandes mudanças, uma vez que a burguesia se estabelece, exercendo o poder econômico e político. Se, por um lado, vive-se com as grandes inovações desencadeadas pela Revolução Industrial, por outro, as classes sociais menos abastadas sofrem com o novo contexto urbano. É nesse clima que na França surgem três estilos literários praticamente simultâneos: o Realismo (com a publicação de *Madame Bovary*, de Gustave Flaubert, no ano de 1857), o Naturalismo (a vertente científica, biológica do Realismo, com a publicação de *Thérèse Raquin*, de Émile Zola, em 1867) e o Parnasianismo (com a antologia *Parnasse contemporain*, em 1866). Em comum, as escolas são uma franca reação contra o ponto de vista extremamente subjetivo e a idealização do Romantismo, estilo literário anterior.

É importante notar, porém, conforme ressalta Antonio Candido em seu *Presença da literatura brasileira*, que a palavra *Realismo* pode gerar dúvidas. Por estar relacionado àquilo que existe, o real sempre se faz presente na literatura; a diferença é que cada escola literária se

---

[*] Graduada em Letras pela Universidade de São Paulo (USP) e em Relações Públicas pela Faculdade de Comunicação Social Cásper Líbero. É professora de Língua Portuguesa, Literatura e Redação no ensino médio e em cursos pré-vestibulares.

apropria dele de uma maneira particular. O autor romântico, por exemplo, o descreve de forma idealizada, de acordo com o seu ponto de vista; já o realista busca tratá-lo com objetividade, muito próximo de como ele é.

De qualquer maneira, o fato é que, a partir desse momento, a literatura passa a exercer seu papel social, expondo o problemático contexto político e econômico vivido na Europa. A preocupação do autor realista é voltar-se com objetividade àquilo que é real, descrevendo-o com defeitos e raras qualidades, sem a aura da subjetiva e inexistente perfeição. Uma grande diferença percebida pelo leitor do final do século XIX está relacionada ao herói: o romântico, sempre apresentado em sua perfeição moral, sucumbe; ele se torna problemático — e a literatura ganha com personagens abordadas de maneira mais profunda, muitas vezes analisadas psicologicamente.

Tal enfoque racional na arte decorre do próprio contexto histórico: o desenvolvimento científico é o responsável por tantas e tão profundas transformações. A literatura passa a ser influenciada pelas correntes cientificistas, de modo que muitos romances se transformam em verdadeiras teses sobre o comportamento humano. Os autores têm predileção por temas relacionados tanto à patologia clínica quanto à patologia social: escrevem sobre a falência de estruturas como a família e o casamento, criticam a Igreja, revelam as relações mantidas por interesse financeiro e/ou social, assim como o adultério, a tara, a loucura. Mencionam também relações homossexuais, consideradas, na época, um grande desvio de conduta. O leitor burguês entra em choque com as descrições muitas vezes detalhistas do próprio cotidiano alienado, feitas por um narrador irônico e inevitavelmente pessimista.

Durante a segunda metade do século XIX, nações imperialistas da Europa, como Reino Unido, França, Alemanha e Bélgica, entre outras, alcançaram sua fase de êxito industrial, possibilitado pelo controle que a burguesia exercia sobre as esferas política e econômica. Não era, porém, essa a situação que ocorria em Portugal, com regiões ainda mantendo estruturas próprias ao modo de produção feudal.

Os centros urbanos portugueses, como Lisboa e Coimbra, no entanto, estavam em comunicação estreita com Paris, promovendo a alegria dos muitos estudantes dessas cidades. Por intermédio dos trens diários, lá chegava toda sorte de informação — e foi dessa maneira que as novas teorias do pensamento alcançaram as terras lusitanas. Os jovens portugueses tomaram contato com a teoria positivista de Augusto Comte, buscando as leis científicas nas questões físicas, sociais e espirituais; conheceram o Evolucionismo de Charles Darwin, e a importância de fatores biológicos, como o instinto, para melhor adaptação à sociedade; leram sobre o Determinismo e a falta de livre-arbítrio proposta por Hippolyte Taine; sobre o Socialismo Utópico de Pierre-Joseph Proudhon, defendendo a organizações de núcleos de produtores em auxílio mútuo, assim como sobre o Socialismo Científico de Karl Marx e Friedrich Engels, propondo a luta de classes para o estabelecimento de uma sociedade igualitária. No campo da literatura, *Madame Bovary*, de Gustave Flaubert, foi a prova cabal de que o Romantismo fora superado — ao menos para os demais países europeus...

Essa imensa quantidade de novas teorias deixou os estudantes da Universidade de Coimbra bastante interessados, com fôlego para propagá-las pelo país. Encontraram, porém, a oposição nos setores mais conservados da sociedade portuguesa, assim como em seus tradicionais rivais, os estudantes da Universidade de Lisboa. Exatamente a partir da discussão entre esses grupos, o Realismo simbolicamente foi iniciado em Portugal, batizado como Questão Coimbrã ou Polêmica do Bom Senso e do Bom Gosto, em 1865.

A desavença parecia algo banal. Antônio Feliciano de Castilho, um dos fundadores do Romantismo em Portugal, era autoridade incontestável na Universidade de Lisboa; afirmava-se, inclusive, que uma obra literária só faria sucesso se passasse pelo crivo dele. Provavelmente por esse motivo, Tomás Ribeiro, poeta romântico, escolhera-o para redigir o prefácio de uma obra, *Dom Jaime ou a Dominação de Castela*, um poema em nove cantos, de forte teor nacionalista. Em tal prefácio, Castilho comparou o autor a Luís Vaz de Camões, afirmando que a obra ultrarromântica poderia ser equiparada a *Os Lusíadas*.

Os alunos de Coimbra, indignados, reagiram frente ao que consideraram desrespeito à obra máxima da literatura portuguesa. Em seguida, Antônio Feliciano de Castilho respondeu a eles: aproveitou o lançamento do *Poema da mocidade*, de Pinheiro Chagas, elogiou com veemência o teor ultrarromântico de tal obra, e dirigiu-se aos jovens coimbrões, afirmando que eles não tinham bom senso ou bom gosto em relação à arte. A resposta foi escrita e publicada por Antero de Quental, um de seus antigos alunos, em dois de novembro de

1865: no folheto *Bom senso e bom gosto*, entre tantas ironias, Antero considerou seu antigo mestre como alguém fútil, afirmando que: *"V.Exa. precisa menos cinquenta anos de idade, ou então mais cinquenta de reflexão."*[1], e despediu-se afirmando que não era *"Nem admirador nem respeitador"*.[2]

Castilho não respondeu ao seu ex-aluno; quem o fez foi Ramalho Ortigão e, depois de aproximadamente quarenta artigos — envolvendo diversas outras pessoas, dentre as quais inclusive Camilo Castelo Branco —, tal discussão foi considerada o início do Realismo-Naturalismo lusitano, apesar de a polêmica não se restringir ao campo artístico ou literário. A partir desse momento, as ideias que circulavam na França, na Alemanha e no Reino Unido, entre outros países, chegaram decisivamente a Portugal.

Em 1871, no entanto, o embate entre os conceitos considerados ultrapassados e as novas teorias do pensamento ainda persistiam entre os portugueses. Incentivados pelos acontecimentos franceses (fim do Segundo Império, com a queda de Napoleão III e da monarquia, e a consequente Comuna de Paris, primeiro governo operário da história), os intelectuais mais importantes daquele momento — futuramente chamados de Geração de 70, eram: Antero de Quental, Eça de Queirós, Guerra Junqueiro, Oliveira Martins, Teófilo Braga e Ramalho Ortigão — organizaram uma série de dez conferências

---

[1] QUENTAL, Antero de. *Bom senso e bom gosto*. Carta ao excelentíssimo senhor Antonio Feliciano de Castilho.
[2] Idem.

a se realizar numa sala alugada do Cassino de Lisboa. A programação das "Conferências Democráticas do Cassino Lisboense" foi idealizada visando à alteração do contexto português nas áreas política, econômica e religiosa; dessa maneira, os participantes colocariam em discussão as mais diversas temáticas, desde causas da decadência da nação até os conceitos de República e de Socialismo.

Antes que o governo reprimisse os encontros, cinco das conferências previstas foram realizadas. A primeira e a segunda foram apresentadas por Antero de Quental, uma sobre os objetivos do projeto e a outra sobre as causas da decadência portuguesa (segundo o autor, a religião católica, a política absolutista dos monarcas e o colonialismo); a terceira defendia a literatura nacional, proferida por Augusto Soromenho; a quarta, de Eça de Queirós, pregava a missão social da literatura realista, como meio transformador da sociedade; a quinta, de Adolfo Coelho, propunha que o ensino fosse desvinculado da religião, promovendo o ensino voltado para as ciências humanas e naturais.

Estes portugueses que, em 1865, eram alunos enfrentando o catedrático Antônio Feliciano de Castilho e, em 1871, eram recém-formados enfrentando o governo, resolveram se reunir mais uma vez. Em 1888, formaram o grupo "Os Vencidos da Vida", reconhecendo que, apesar do sucesso alcançado como homens das letras, não conseguiram fazer com que Portugal superasse o atraso tecnológico, se transformasse em uma república ou se adequasse ao socialismo.

Esse período compreendido entre 1851 e 1910 foi chamado, em solo lusitano, de Regeneração. Após um golpe de Estado dado pelos militares, estabeleceu-se uma Monarquia Constitucionalista que pretendia harmonizar interesses díspares, como os pequenos agricultores e a alta burguesia. De fato, o governo português promoveu uma série de progressos tecnológicos, com investimentos nas áreas de comunicação e transportes, por exemplo; porém, a falta de matéria-prima, de mão de obra e a dependência do capital estrangeiro, entre outros problemas, impediram aquilo que os jovens de Coimbra expressavam: a superação do atraso em que Portugal se encontrava.

O Realismo e o Naturalismo trazem fontes de influências relacionadas às teorias científicas e filosóficas que surgiram na segunda metade do século XIX. As que se fizeram presentes na literatura realista, entre outras áreas do conhecimento, foram:

Criticismo e *Anticlericalismo* — teorias de Joseph Ernest Renan, voltadas à análise crítica do papel de Jesus Cristo e da Igreja Católica, assim como a sua influência frente ao contexto social, político e econômico que os países enfrentam.

Determinismo — a teoria de Hippolyte Taine defende que o homem não tem livre-arbítrio; seu comportamento está, portanto, pré-determinado por três fatores: a raça (determinismo genético), o meio (determinismo mesológico) e o momento (determinismo histórico).

Evolucionismo — teoria de Charles Darwin; defende a seleção natural de todos os seres vivos. Para evoluir, a adaptação ao meio é indispensável: apenas os mais fortes, os que melhor se adaptam, sobrevivem.

Objetivismo — os autores têm compromisso em observar o que ocorre no cotidiano da sociedade para retratá-la com neutralidade, sendo um mero espectador.

Porém, é importante lembrar que se trata de um trabalho artístico, de modo que a criação é alterada pela visão do escritor, sem que se perca o vínculo com o que é observado. Uma das técnicas mais empregadas para executar essa tarefa é o *Descritivismo*, ou seja, a descrição muitas vezes detalhista com a intenção de levar o leitor a visualizar o ambiente retratado.

Pessimismo — o pensamento de Arthur Schopenhauer prega que nada resta ao Homem além de sofrer até o fim de sua existência, uma vez que está sempre insatisfeito por guiar suas ações pelo desejo e pelo erro.

Positivismo — a teoria de Auguste Comte defende que só pode ser considerado verdadeiro aquilo que se comprova cientificamente por meio de experiências.

Socialismo Científico — teoria de Karl Marx e Friedrich Engels; afirma que a vida social é condicionada pelo modo de produção vigente, assim como defende que a luta de classes é responsável pela evolução da sociedade para que se alcancem a justiça e a igualdade.

Socialismo Utópico — teoria de Pierre-Joseph Proudhon; mostra-se contrária à luta de classes defendida pelo Socialismo Científico. Seu pensamento está relacionado à organização de pequenos aglomerados de produtores, vivendo à base do auxílio mútuo.

O Naturalismo, além de manter as influências relacionadas ao Realismo, ainda possui outras influências:

Coletividade — nestas obras, é nítida a opressão da sociedade em relação às camadas mais baixas, em concordância com o *Socialismo Científico*.

Experimentalismo — a teoria de Claude Bernard relaciona-se ao campo da Medicina: o que se afirma como verdade precisa ser comprovado por intermédio de exames laboratoriais. Os escritores naturalistas partem desse princípio e desenvolvem romances de tese: a narrativa deve, obrigatoriamente, comprovar a verdade de sua proposição por meio de exames minuciosos relacionados à sociedade, levando à tona toda problemática humana — tanto a patologia clínica (por meio de caricaturas, males como varíola, flatulências, dispepsias, tuberculose, entre tantos outros) quanto a patologia social (relações adúlteras ou com interesses financeiros, por exemplo).

Perspectiva biológica degradante — a animalização do Homem é uma consequência do *Evolucionismo*, muitas vezes exaltando o sensualismo repulsivo.

Sobre Eça de Queirós

José Maria Eça de Queirós nasceu em 25 de novembro de 1845, em Póvoa do Varzim, no distrito do Porto, Portugal. Seu pai, um carioca formado em Direito pela Universidade de Coimbra, registrou-o como filho de "mãe incógnita" (fato que comumente ocorria quando a mãe pertencia à classe social mais alta e não obtinha o consentimento familiar para o matrimônio); apenas quatro anos após o nascimento de Eça o casamento de seus pais ocorreu, cerca de uma semana depois da morte de sua avó. Por esse motivo, o autor viveu seus quatro primeiros anos sob os cuidados de uma ama; em seguida, foi enviado a um internato, de onde saiu aos dezesseis anos — quando se mudou para Coimbra, a fim de cursar Direito. Vale lembrar que nesse momento ele fez amizade com Antero de Quental, o estudante responsável pelo início da Questão Coimbrã — da qual Eça não participou ativamente.

Após se formar, Eça exerceu atividades ligadas ao Direito e ao Jornalismo em Lisboa. Nos primeiros anos de carreira, viajou para o Oriente, o que lhe possibilitou conhecer a Palestina e assistir à inauguração do Canal de Suez, no Egito — fonte para seu livro *A relíquia*. Ao retornar a Portugal, sua carreira política foi iniciada (momento em que *O crime do padre Amaro* foi escrito); logo se tornou cônsul em Cuba, Inglaterra e França. Eça lia e escrevia avidamente e, mesmo distante fisicamente, colaborava para a imprensa portuguesa, assim como redigia seus grandes romances, como *O primo Basílio*, *Os Maias* e *A ilustre casa de Ramires*.

Casou-se apenas aos quarenta anos, já falido financeiramente e com problemas de saúde relacionados à vida boêmia de que sempre desfrutou. Teve quatro filhos, e, bastante debilitado, ainda escreveu *A cidade e as serras*, obra cuja revisão pelo próprio autor não passou das primeiras 120 páginas. "O Senhor das Palavras", título do mais importante escritor de ficção portuguesa, faleceu aos cinquenta e quatro anos, em Paris, após trocar incessantemente de médicos e cidades europeias, à procura da cura para os diversos males que lhe afligiam.

A carreira literária de Eça de Queirós é costumeiramente dividida pelos críticos em três fases: a primeira ainda demonstra traços românticos, como o gosto pelo grotesco, porém já adianta o estilo direto de escrita do autor; a segunda é a propriamente realista-naturalista, procurando retratar Portugal a fim de fazer com que a literatura desempenhe sua função social; por fim, a terceira traz o autor mais ameno, nacionalista, pretendendo que a elite portuguesa assuma o controle a respeito das necessárias mudanças quanto à modernização do país.

Logo no início da carreira, porém, por ocasião das Conferências Democráticas do Cassino realizadas em Lisboa, no ano de 1871, o escritor afirmou: *"(...) O Romantismo era a apoteose do sentimento; o Realismo é a anatomia do caráter. É a crítica do homem. É a arte que nos pinta a nossos próprios olhos — para conhecermos, para que saibamos se somos verdadeiros ou falsos, para condenarmos o que houve de mau na sociedade."*.[3] Dessa maneira, Eça de Queirós defendeu a nova estética literária que já tomava conta da Europa: uma reação aos preceitos românticos, sobretudo à subjetividade e à idealização presentes em tais obras.

Apesar de o autor viver bastante tempo longe de Portugal, a postura crítica que sempre defendeu em relação à sociedade não perdeu a força; aliás, justamente esse afastamento físico permitiu que sua visão se tornasse mais objetiva e ácida. Por meio desse olhar, hoje é possível conhecer uma galeria de tipos portugueses do século XIX, em um retrato social panorâmico a respeito daquele momento. Para tanto, as descrições são inúmeras, muitas vezes detalhistas e mesmo impressionistas — o que pode incomodar aquele que espera um ritmo mais veloz da narrativa ou meramente objetivo; estes traços de subjetividade, em um período de obras marcadas pela objetividade, são um diferencial do autor. Eça trabalhava minuciosamente seu texto, permitindo ao leitor conhecer os costumes, as ruas e, inclusive, o

---

[3] Trecho do discurso proferido durante a 4ª Conferência do Cassino, realizada em Lisboa, em 1871.

sotaque dos lisboenses, leirienses, evorenses, coimbrões, portuenses, sintrenses...

Em uma carta para o amigo Teófilo Braga, em 1878, Eça declarou ter a ambição de mostrar os portugueses aos próprios portugueses — é a literatura de denúncia, com o firme propósito de alterar o comportamento da sociedade. Por essa razão, escreveu as obras que compuseram as "Cenas Portuguesas": *O crime do padre Amaro* (1876, reelaborado em 1880), *O primo Basílio* (1878) e *Os Maias* (1888) — este último de grandeza literária comparada a *Os Lusíadas*, curiosamente o mesmo motivo da discussão que desencadeou o movimento realista em Portugal. A recepção desses romances não poderia ser diferente: considerados escandalosos pela Igreja Católica, pelo governo e pelos próprios leitores de então, sofreram com a censura. Não se podia, na verdade, aguardar outra reação, quando se levavam a público a crítica ao celibato clerical, à vida provinciana, à vida da pequena burguesia e dos aristocratas portugueses, assim como às relações adúlteras e incestuosas.

Percebe-se que a obra de Eça de Queirós é composta por diversos romances de tese, mas é importante ressaltar que seu estilo o distanciou dos demais autores contemporâneos a ele. Devido à maestria do autor, a ironia com que expôs a sociedade faz com que, ainda hoje, os leitores riam ou se indignem em diversas passagens de seus livros. A linguagem empregada por ele, direta e bastante próxima ao que se encontrava nas ruas, faz com que a leitura ganhe ritmo, mesmo quando a narrativa parece não avançar muito.

Quanto às personagens, segundo observações feitas por Machado de Assis em críticas sobre as obras de Eça, nem sempre o autor optava por abordá-las de forma psicológica e densa. Com essa escolha, imaginava-se que as obras perderiam em qualidade, o que não ocorreu. Colocar em cena os variados tipos sociais caricaturais foi a estratégia empregada para que a sociedade portuguesa fosse representada como um todo, reforçando seus defeitos. Assim, é exercida a função social da literatura: a observação crítica das fúteis moças burguesas, dos dândis, dos beatos, dos padres, das vizinhas fofoqueiras, dos adúlteros...

© *Copyright* desta edição: Editora Martin Claret Ltda., 2022.

DIREÇÃO
Martin Claret

PRODUÇÃO EDITORIAL
Carolina Marani Lima
Mayara Zucheli

DIREÇÃO DE ARTE E CAPA
José Duarte T. de Castro

DIAGRAMAÇÃO
Giovana Quadrotti

REVISÃO
Waldir Moraes

IMPRESSÃO E ACABAMENTO
Ipsis Gráfica e Editora

Este livro segue o novo Acordo Ortográfico da Língua Portuguesa.

Dados Internacionais de Catalogação na Publicação (CIP)
(Câmara Brasileira do Livro, SP, Brasil)

Queirós, Eça de, 1845-1900.
 O mandarim / Eça de Queirós. — São Paulo: Martin Claret, 2022.

I. Romance português I. Título

ISBN 978-65-5910-204-4

22-116837   CDD-869.3

Índices para catálogo sistemático:
1. Romances: Literatura portuguesa   869.3
Cibele Maria Dias – Bibliotecária – CRB-8/9427

EDITORA MARTIN CLARET LTDA.
Rua Alegrete, 62 – Bairro Sumaré – CEP: 01254-010 – São Paulo, SP
Tel.: (11) 3672-8144 – www.martinclaret.com.br
Impresso – 2022

CONTINUE COM A GENTE!

- Editora Martin Claret
- editoramartinclaret
- @EdMartinClaret
- www.martinclaret.com.br

Pólen
Natural